KB068892

신분상승 가속자

신분상승 ⁵ 가속자

초판 1쇄 인쇄일 2016년 9월 20일 | **초판 1쇄 발행일** 2016년 9월 22일

지은이 철갑자라 | **펴낸이** 곽동현 | **담당편집 팀장** 이범수
편집부 신연제 이윤아 홍현주 김유진 임지혜

펴낸곳 (주)조은세상 | **출판등록** 제 2002-23호
주소 경기도 연천군 미산면 청정로 1355
TEL 편집부 02)587-2966 | FAX 02)587-2922
e-mail bukdu@comics21c.co.kr

ⓒ철갑자라 2016
ISBN 979-11-5832-657-9 | ISBN 979-11-5832-589-3(set) | 값 8,000원

철갑자라 현대판타지 장편소설

NEO MODERN FANTASY STORY

⑤

신분상승 가속자

북
두

(주)좋은세상

CONTENTS

NEO MODERN FANTASY STORY

1 장 - 힌트(1)

신분상승 가속자

1 장 - 힌트(1)

앞뒤 생각할 겨를이 없었다.

그냥 본능적으로 차를 찍어 내렸다.

기기긱!

엄청난 충격 때문에 차가 내 발에 뚝 멈추어 섰다. 그것에 그치지 않고 세로로 서더니 아예 뒤집히며 넘어지려 했다.

"으하!"

털컥!

흥분한 나머지 운전자를 죽이긴 싫었다.

그래서 차를 척 손으로 받아낸 다음 천천히 반대편으로 밀었다.

쾅!

마침내 급히 달려오던 차를 무사히 멈출 수 있었다. 내부 운전자는 쇼크 때문에 기절한 듯 보였다.

혹시 몰라 스마트폰으로 운전자의 얼굴을 찍었다. 그리곤 여진이를 안고 얼른 도약해 다른 곳으로 이동했다.

사람들이 몰려 사진을 찍어대기 전에 빠지는 것이었다.

설마 일부로 여진이를 죽이려한 건 아니겠지. 아마 차 고장일 것이다. 다가가는 중에 초인의 시력으로 분명히 봤다.

매우 당황한 운전자의 몸짓과 표정을. 그래도 사진을 찍어두었으니 조사는 해볼 것이다.

"다행이다."

"어…… 어."

여진이는 정신을 차리지 못하고 아직도 입을 헤 벌리고 있었다. 그리고 잠시 후에야 눈을 끔뻑이며 자기 두 다리로 섰다.

다행히 여진이는 완전히 멀쩡했다. 내가 급격히 막은 덕분에 차는 여진이의 털끝 하나 건드리지 않았다.

단지, 대놓고 들켜버렸다.

또 갑질을 해야 하나. 전이나 지금이나 마찬가지였다. 그녀를 잃어야 한다면 차라리 갑질을 하겠다.

그게 자연스럽건 아니건 상관없다.

"……준후야."

"미리 말 못해서 미안해. 네가 싫어할 거 같았어. 여러 번 말해줬잖아. 너는 성실하고 평범한 사람이 좋다고. 근데 이미 나는 각성한 상태에서 너를 만났잖아."

"자, 잠시만."

여진이가 잠시 거리를 두더니 이마를 짚었다.

나는 성급하게 갑질을 하지 않았다.

맘속으로 아주 조금의 희망을 품었다.

혹시 지금이라면 그녀가 다르게 반응하지 않을까.

어차피 그녀는 달려서 날 벗어나기엔 너무 연약했고, 말로도 날 거역할 수 없었다.

그래서 내겐 조금 기다려줄 여유가 있었다.

"허."

여진이가 충격이 심했는지 자리에 주저앉았다.

얼른 달려가 여진이를 부축했다.

"고마워."

다행히 여진이는 날 뿌리치지 않았다. 좋은 징조다. 적어도 날 혐오하진 않는 거 같다.

"네가 각성자였을 줄이야. 왜 그리 자신감이 넘치는지 더더욱 이해가 가네. 잘 사는 집에…… 튼튼한 몸까지."

여진이가 스윽 나를 쳐다보았다.

나는 간절한 눈빛으로 그녀와 눈을 맞췄다.

제발 날 괴물 취급하지 않길 바랄 뿐이다. 방금 난 순전히 그녀를 살리기 위해 힘을 썼다.

그런데도 날 괴물 취급한다면 이번엔 내가 되레 그녀에게 실망할 거 같다.

"준후야……. 내가 우리 아버지 얘기 해준 적 있지?"

그녀에 대해 알고 싶어 전에 갑질 심문을 했었다.

"응. 그래서…… 쉽게 말 못했어. 미안해. 조금이라도 오해할까봐."

여진이가 스윽 내 목에 팔을 감았다.

초인의 정신이 흔들리는 거 같다. 맘속에서 뜨거운 것이 올라와 울컥했다.

"맘고생이 많았겠네. 나 걱정 해주느라 말도 못하고. 우리 아빠랑 넌 분명 다른 사람이야. 게다가, 방금 네가 아니었다면 난 분명 크게 다치거나…… 큰 일 났을 거야."

여진이는 아직도 충격의 잔재가 남았는지 가늘게 몸을 떨었다.

더더욱 강하게 그녀를 끌어안았다.

"괜찮아. 하나도 안 다쳤어. 내가 그리 안 내버려두지."

"내가 너무 신이 났나 보다. 너 아니었으면 정말 큰일날 뻔 했어."

"그러게. 앞으로 좀 잘 보고 다녀. 칠칠맞게! 내가 항상 보디가드를 해줄 수도 없잖아?"

여진이에게 장난으로 꿀밤을 먹였다.

"헤헤. 응!"

그제야 여진이는 피식 웃으며 긴장을 풀었다.

살았다. 여러 의미로.

"근데 용케 레이드 같은 거 안 돌고 열심히 공부해서 나랑

S대 왔네? 아유, 기특해!"

전과 많은 게 달라졌다.

그래서 내가 각성자인 걸 알게 되도 여진이의 반응이 달랐다. 우리가 같이 해온 시간들이 헛되진 않았구나.

비록 갑질로 강제로 이어 붙여온 인연이지만, 이젠 더더욱 튼튼하고 진실 됐다.

"그러엄. 내가 얼마나 교양 있는 남잔데."

"그래. 내가 제대로 봤네. 하긴. 왜 위험하게 몸을 굴려. 이렇게 머리 좋고, 돈 많고, 키 크고 한데."

"잘 생기진 않았구나……."

장난으로 시무룩한 표정을 지었다.

"꺄하하! 아유, 그래, 잘생기기도 했어! 엎드려 절 받기네."

"그래도 목숨을 구해줬는데 절 정도는 받아, 읍!"

여진이가 갑자기 키스를 했다. 이건 예상치 못했다. 첫 키스는 아니었지만, 이런 감정 어린 키스는 언제든 환영이다.

"읍, 하!"

한참이나 즐기고 나서야 다시 얼굴을 땠다.

"솔직히 전이었으면 선입견이 생겼을 거야. 근데 오래도록 널 봐오니까 오히려 멋있어 보인다. 방금은 목숨 살려준 값!"

"에이. 그게 다야?"

"더 있지. 방금은 선금이었어."

"으하하! 신난다."

여진이를 부축시켜 카페에 데려가 따뜻한 걸 먹였다. 굳이 병원에 가볼 필요는 없다. 아예 차와 닿지 않게 했으니.

-사장님. 좀 뵐 수 있을까요. 내부 정리를 마쳐서 이제 움직여도 될 거 같습니다. 아주 튼튼하게 조직을 개편했습니다!

검은 스마트폰으로 문자가 왔다.

진석철이었다.

여진이와 더 오래 있고 싶었지만 오늘은 참아야할 거 같다. 남궁철곤이 내준 과제를 꽤 오랫동안 미루고 있으니.

잘못하면 남궁철곤의 신뢰를 잃을 수도 있었다. 그럼 노블립스 내에서 크는 게 힘들어진다.

"여진아. 미안한데 나 일이 생겨서 가봐야 할 거 같아. 어머니께 데려다줄게."

"알겠어. 아쉽지만 어쩔 수 없지."

여진이는 오히려 호기심 가득한 눈으로 내 몸 구석구석을 만지작거렸다.

원래 헌터를 두려워하고 혐오하던 그녀였지만, 내가 각성자라고 하니 감회가 새로운 듯 하다.

"아유! 어디 빠지는 게 없어!"

괜히 여진이가 내 등짝을 때렸다. 난 배시시 웃으며 그녀를 집에 데려다주었다.

다음으로 향한 곳은 올림푸스였다. 진석철이 간부 몇을 대동한 채 날 기다리고 있었다.

"오셨습니까, 사장님!"

"인사드리겠습니다, 사장님!"

도예지와 마찬가지로 진석철도 꽤 준비를 철저히 했나 보다. 시간이 걸린 걸 보면. 그리고 맘이 급하지 않았으랴.

"들어가서 앉죠."

"네, 사장님. 얘들아, 따라 와라."

진석철의 부하들은 나를 깍듯이 모셨다. 올림푸스의 위엄을 보고 진즉 서열을 알아보는 것이었다.

"자, 그간 왜 그리 시간이 오래 걸렸습니까? 이사님께 제가 좀 죄송스러울 정도네요."

내 말에 진석철이 급히 고개를 숙였다.

"죄송합니다! 사장님. 그간 식구들 수를 좀 불렸습니다요. 이제 결코 배신을 걱정하지 않아도 될 겁니다. 게다가 숫자도 장난이 아닙니다. 제가 새로운 시대를 열고 있거든요."

"거창하기도 하네. 뭡니까?"

사실 갑질을 쓰거나 직접 몸을 움직이면 서울 주먹 세계야 금방 평정할 수 있었다. 애초에 하이브리드 초인과 난폭한 일반인의 싸움이었으니.

허나 그럴 수가 없었다.

비현실적인 요소 없이 진석철을 도와야, 시스템의 어두운 부분을 노블립스가 원하는 대로 장악할 수 있었다.

"요즘 불량한 고등학생들 발육이 얼마나 대단한지, 웬만한 청년 건달보다 쓸 만합니다. 적극적으로 스카우트해서, 잡일 하는 시다바리가 아닌! 날카로운 기동대로 키웠습니다."

"고등학생들을요?"

내 말에 진석철이 자랑스럽게 고개를 끄덕였다.

벌써부터 불쾌한 기분이 든다.

아직 성인도 되지 않은 애들을 꼬셔 위험한 현장에 내보내려 하다니.

"그렇습니다, 히히. 덩치가 좋은 놈들이고 싸움박질도 많이 해서 감각도 모자라지 않습니다. 작은 돈에도 움직이니 관리하기도 편하지요."

"하지만 아까는 조직 구성을 튼튼하게 했다고 하지 않았습니까? 숫자에는 유리하겠지만, 고등학생들이 무슨 충성심이 있다고요. 진석철 씨가 말한대로 작은 돈에 움직이면 배신도 쉽죠."

"그렇습니다. 그래서 소모용 기동대로 분리해서 관리 중입니다. 점 조직처럼 분대 별로 키우고 있죠. 본격적으로 연장 쓰는 훈련까지 시키면서요."

진석철은 제대로 전쟁을 벌이려고 준비 중이었다.

자기 딴엔 젊고 어린 피들을 모아 조직적으로 훈련한 것이라 생각할 테지.

"기동대 중 제 얼굴을 아는 놈은 없습니다. 다 제 부하들이 분할해서 관리합니다. 덕분에 서울의 다른 식구들은 녀석들을 그저 뭉쳐 다니는 양아치 무리 정도로 볼 겁니다."

진석철의 기준에선 꽤 든든한 준비였다.

내 시점에서 답답할 뿐이지, 저 쪽 세계에선 제법 칼을 갈았다고 평가할 만 했다.

그래도 고등학생들을 연장까지 쥐어줘서 현장에 내모는 건 영 내키지가 않는다.

"꼭 고등학생들을 써야 합니까?"

"걱정 안하셔도 됩니다. 몇 놈 잘못 되도, 저희까지 거슬러 올라올 일이 없습니다."

"음."

"그 녀석들이 없으면 조금 힘들어집니다. 크고 작은 싸움을 몇 번 해야 하는데, 그 때마다 저희 식구로 소모전을 벌일 순 없죠."

진석철이 열띠게 설명했다. 그 옆의 부하들도 진중한 눈빛으로 내 반응을 주시했다.

"게다가 좋은 점이 더 있습니다. 쭉 봐서 진짜 잘 치는 놈은 영입해서 식구로 받을 수가 있습니다."

"일종의 현장 면접이다?"

"실전만큼 추리기 좋은 분야가 어디 있겠습니까, 키히히히."

야비하게 웃는 진석철이 영 맘에 들지 않았다.

맘 같아선 갑질을 써 다른 방법을 찾으라 하고 싶었다.

하지만 진석철은 제법 잔뼈가 굵은 조폭이었다. 그의 계산에선 현재 전략이 가장 셈이 맞는 놈이겠지.

"으음."

굳이 갑질을 할 필요도 없다. 어차피 철저히 내가 명령하는 입장이다.

"전반적으론 알겠습니다. 하지만 고등학생한테 깨진 업소를 장악해봐야 본 식구 명성이 그리 올라가지 않죠."

내 지적에 진석철이 당황했다. 이기는 것만 생각하느라 그 점까진 고려치 못했나 보다.

"역시…… 사장님이십니다. 경력이 많은 저도 못 본 걸 보시다니."

칼 한 번만 잘못 맞아도 죽는 게 진석철의 팔자였다. 이기는 확률에만 집중해도 머리가 아프겠지.

한 구역도 아니고 서울을 먹어야 하니.

"맘 같아선 헌터들이라도 고용해 쓰고 싶습니다. 하지만, 아시다시피 너무 비싸죠. 그 놈들은 당연히 청부 폭력을 장난쯤으로 생각하고 비웃을 테고요."

"그렇죠. 흠, 이러면 어떨까요."

내 제안에 진석철과 그의 부하들이 귀를 기울였다.

"전 비효율적인 걸 싫어합니다. 동시에, 주먹 쓰겠다고 건달이 됐으면 몸을 너무 사려도 안 된다고 생각합니다."

"당연하죠! 겁쟁이도 아니고. 전 단지 전략적으로 제 식구들을 아끼는 것뿐입니다. 진짜 칼춤 출 때를 대비해서."

"아아. 이해합니다."

진석철이 흥분하기에 두 손을 들었다. 그제야 진석철이 양주를 벌컥 들이키더니 다시 순한 눈빛을 했다. 이젠 제대로 된 자기 식구라 이건가.

"자, 제가 조금씩 도움을 줄 겁니다. 그럼 진석철 씨가 얼굴이 알려진 간부들을 이끌고 가서 직접 업소들을 박살내면 됩니다. 그렇게 작은 싸움은 전부 본 식구로 치세요."

"오히려 작은 싸움에 투입하란 말씀입니까?"

진석철이 의아해하자 내가 내 입술을 검지로 톡톡 쳤다.

"예."

내 손짓을 이해하고 진석철이 감탄했다.

"아! 그렇게까지 나서시는 건가요. 위험하지 않겠습니까?"

진석철은 내가 서열만 높은 평범한 청년인 줄 알고 있다.

"자, 보세요. 올림푸스에 이렇게 앉아있지 않고 길거리를 걸어 다녔다면 누구나 절 대학생으로 볼 겁니다. 나이가 성인이니 돈만 있으면 출입 못할 업소가 없습니다."

"아아! 잠입이군요. 캬. 그렇게까지 수고해주신다니, 영광입니다!"

"곧 성과를 보여야 이사님이 화내지 않을 거 같거든요."

"무, 물론입니다."

"제가 신호를 주면 부하들을 이끌고 쳐들어가세요."

"알겠습니다, 사장님!"

진석철이 벌떡 일어나 90도로 인사를 했다. 다른 부하들은 어리둥절한 채 마찬가지로 일어서서 인사를 했다.

저들은 이해 못할 것이다. 내가 개입하고 말고가 무슨 차이가 있는지.

"오늘 정리할 수 있는 업소가 어디어디인지 읊어보세요."

"역시 화끈하십니다!"

진석철이 스마트폰에 지도를 띄워 겨냥하는 지점을 보여주었다.

"바로 가죠."

진석철을 이끌고 올림푸스를 빠져나왔다.

"야, 애들한테 연락 넣어라. 오늘부터 준비 운동 끝이다잉!"

"예, 형님!"

본격적으로 과제를 해볼 시간이다. 준비가 끝났으니, 일을 마무리해 남궁철곤에게 인정을 받아야겠다.

노블립스 내로 더 깊이 파고들어가기 위한 첫걸음이었다.

❖

진석철이 지목한 나이트클럽으로 이동했다. 아직 초저녁이라 손님을 받는 중은 아니었다.

신분상승5
가속자

진석철과 나는 간부가 운전하는 승용차에 타 있었다. 나머지 인원은 건물 뒤 봉고차들에 대기 중이었다.

진석철이 부른 본 식구는 약 50명가량이었다.

"놈들은 아직 영업 준비 중일 겁니다. 여기가 신생이라 제일 만만합니다. 그러면서도 제법 노른자 땅에 업소를 두고 있죠."

"여기 있는 자들이 식구의 전부죠?"

"네. 여기 있는 놈들은 다른 연줄이 없습니다. 대가리가 제법 잘 친다고 들었는데…… 문제 없을 겁니다."

"알겠습니다. 다녀오죠."

"몸조심하십쇼. 전화를 거시면 바로 쳐들어가겠습니다. 만약의 상황에 말이죠."

"예."

검은 모자와 마스크를 쓰고 차에서 내렸다.

영업 중이 아니라 단순한 손님인 척 들어가긴 힘들 거 같았다. 그렇다고 대기 명분으로 시간을 허비하기도 싫었다.

"뭐여, 너는."

마스크를 쓴 날 보고 입구에 서 있던 조폭이 곧장 적의를 드러냈다.

"얌전히 따라 와."

내 말에 조폭이 꼼짝없이 나를 따라왔다. 명령한 대로 날 공격할 생각조차 못했다.

"어라, 막내야. 웬 손님을 데려왔냐."

"이 어린놈의 새끼는 뭐여! 영업 준비하는 거 안 보이냐."

"겁 없이 함부로 들어올 곳이 아닌데 말이지. 어랍쇼. 모자에 마스크?"

내게 나이트클럽 안에 있던 조폭들이 잔뜩 몰려들었다. 뒤를 따르는 막내 조폭이 외쳤다.

"형님! 뭔가 이상합니다!"

"전부 제자리에 앉아!"

척! 척!

내 말에 일제히 수십 명의 조폭들이 제자리에 주저앉았다. 그리곤 잠시 당황하더니 마구 욕지거리를 퍼붓기 시작했다.

"전부 입 다문다, 실시! 거기 너! 가서 나머지 인원 전부 집합시켜. 나이트 안에 있는 직원까지 전부 집합시킨다."

내 말에 조폭 하나가 순순히 나이트클럽 안의 인원들을 모아왔다.

신흥 세력이긴 하지만 숫자가 적지 않았다.

"식구 대가리는 어디 있어? 대답해."

매니저로 보이는 놈에게 물었다.

"잠시 일보러 나가셨다, 이 씨불놈아!"

"자, 다시 입 다물어."

두목이 없다고 한다.

그래도 상관없겠지. 일단 이들을 무력화시키면 아무리

두목이라도 별 수 없을 거다. 진석철 부하들이 알아서 처리할 것이다.

"후! 잘 들어라. 오늘 너희는 싸우려고만 하면 힘이 쭉 빠질 거야. 딱 서 있을 힘만 남을 거다. 알았나? 방금 3분 동안의 일은 모두 잊도록!"

그렇게 외치고 얼른 나이트클럽을 빠져나왔다.

이제 손질이 끝났다. 진석철이 들어가서 제대로 요리하기만 하면 된다.

설마 이렇게까지 해줬는데 별일은 없겠지.

생 양아치들을 끌고 들어가도 이길 판세다.

"아유, 사장님. 무사히 돌아오셨군요."

진석철이 굽신거리며 다가왔다.

"예. 이제 쳐들어가세요."

"아유, 덕분에 무사히 작업합니다. 잘 먹겠습니다, 히히히!"

진석철이 손가락을 까닥거렸다. 그러자 승용차에 있던 간부가 부하들에게 전화를 걸었다.

깡. 깡깡.

"허따, 어디서 근간도 없는 것들이 나댄데!"

"접수해버려야겠구먼. 참교육을 해줘야지."

건물 뒤에서 조폭들이 연장을 들고 우르르 걸어 나왔다.

진석철의 본 식구답게 다들 연령이 제법 있었다. 멋들어지게 검은 양복을 맞춰 입은 모습들이었다.

"가자! 히히!"

진석철이 조폭들을 이끌었다. 그러자 조폭들이 연장을 치켜들며 우르르 나이트클럽 안으로 쳐들어갔다.

나는 나이트클럽 입구 주변에 앉아 하늘을 올려다보았다.

귀가 밝아서 웬만한 소리는 다 들렸다.

"으악!"

쨍그랑!

격하게 싸우는 소리가 들렸다. 정확히 말하자면 일방적으로 나이트클럽 조폭들이 얻어맞는 소리였다.

내 명령대로 싸우려고만 하면 힘이 빠질 것이다.

진석철 쪽은 거의 환자들을 상대하는 기분을 느낄 것이다.

그래도 적들의 기세도 난폭할 테니, 이상하게 주먹이 잘 들어가는 정도로 생각하겠지.

콰장창!

나이트클럽 곳곳이 박살나는 듯 했다. 패싸움이니 만큼 점잖은 싸움은 아니었다. 온갖 물건을 깨부수고 집어던지는 중일 거다.

"뭐, 뭐여! 어떤 씨불놈들이!"

헌데 싸움이 벌어지는 도중 조폭 하나가 추가로 나타났다. 그러더니 급히 나이트클럽 내부로 달려 들어갔다.

저 놈이 외출했다는 그 두목인가.

"흠흠흠."

나는 입구 주변에 앉아있기만 해서 놈의 신경을 끌지 않았다.

두목 하나 더 들어갔다고 달라지는 건 없겠지.

"아악!"

"으아악!"

헌데 곡소리가 터지기 시작했다. 분명 내가 듣기론 진석철 쪽이 압도적으로 이기고 있었는데.

거의 업장을 접수하는 수준이었다. 당연히 비명 소리도 한동안 끊겼었다.

"으엑!"

그런데 이제는 상황이 역전된 듯 했다.

"가만히 있어!"

"푸하, 어디서 명령질이야? 머리 벗겨진 뱀 같은 새끼가! 감히 내 업장을 쳐!"

"사, 사장님!"

진석철이 다급하게 외치는 게 들렸다. 그보다 서열이 높은 두목인가. 갑질이 먹히지 않았나 보다.

어차피 둘 다 사회 서열이 낮아서 따로 신경을 쓰진 않았었다.

"에이."

엉덩이를 털고 일어나 나이트클럽 안으로 걸어 들어갔다.

수십에서 두목 하나를 처리 못하다니. 조폭 맞나. 당연히 난 마스크와 모자를 쓰고 있는 상태였다.

"뭡니까. 왜 처리를 못해요."

"켁, 케헥, 사장님!"

보아하니 진석철이 두목에게 목덜미를 잡힌 상태였다. 나이트클럽의 두목은 제법 젊고 호리호리한 체구의 청년이었다.

힘이 꽤 세네.

한 손으로 진석철을 치켜들고 있었다.

설마.

"하아. 네가 이 놈들 대가리냐? 어디서 머리 벗겨진 늙은 건달이 나댄다고는 들었는데. 그 위에 이렇게 음침한 놈이 하나 더 있었을 줄이야! 감히 내 업소를 쳐? 조만간 밟아주려 했는데."

텅!

젊은 두목이 땅을 박차고 내게 달려왔다. 매우 느리긴 했지만 분명히 알 수 있었다.

놈은 각성자였다. 레이드는 안 돌고 건달들과 어울리고 있다니.

"커헉!"

달려드는 놈의 목을 잡았다. 놈은 심히 당황한 듯 했다. 각성자인 자신을 가볍게 제압해버렸으니.

"이런 미친! 감히 이 몸을!"

두목이 목이 잡힌 채로 내게 주먹을 내지르려 했다. 내가 먼저 번개 같은 주먹을 복부에 박아주었다.

"커헉! 커허억!"

놈이 숨이 넘어갈 듯 헐떡거렸다. 몸을 파르르 떠는 것 보니 꽤 충격이 큰 거 같았다.

두목의 묵직한 목을 끌어와 조용히 속삭였다.

"얌전히 따라 와."

내 갑질에 두목의 눈빛이 잿빛으로 변했다.

"진석철 씨! 나머지는 제대로 마무리하세요!"

"아, 알겠습니다. 사장님! 이런 미친! 저렇게 잘 치는 새 끼가 존재한단 말인가!"

진석철은 아직도 믿기지 않는 듯 널브러진 양주를 집어 들어 벌컥벌컥 마셨다.

쉽게 업장을 접수할 줄 알았는데 복병이 나타난 것이었 다. 때문에 진석철의 본 식구가 약 다섯 정도 심하게 다친 상태였다.

"아오! 왜 대가리가 뒤늦게 나타나서!"

분해하는 진석철을 내버려두고 나이트클럽을 빠져나왔다.

두목은 얌전히 나를 따라 나왔다.

"대체 너 뭐야. 왜 내가 네 말을 듣는 거지. 몸이 말을 안 들어! 네 놈도 각성자지? 이건 대체 무슨 능력이야!"

당황한 듯 두목이 수다스럽게 물었다.

척 손을 들었다.

"조용히 해. 질문은 나만 한다. 너 뭐야, 각성자 맞지? 등급이 뭐야."

"F등급 각성자다."

"레이드나 돌 것이지 각성자가 웬 조폭질이야?"

"미친! 원래부터 난 이 바닥이었어. 게다가 왜 남의 짐꾼이나 해? 이 곳에 머무르면 전설의 주먹이 돼서 떵떵거리면서 살 수 있는데."

앞뒤가 안 맞는 말은 아니었다.

F등급 헌터는 주로 짐꾼 역할을 하거나 매우 약한 마나 무기를 사용했다.

그만큼 수입이나 입지도 변변찮겠지.

헌터 사회에선 최하위 서열이었다.

"흠."

물끄러미 두목의 머리 위를 올려다봤다. 과연 진석철보다 서열이 높은 자였다.

다음으론 나이트클럽을 쳐다봤다. 겨우 저것 하나 운영한다고 진석철보다 서열이 높을 리는 없는데.

"너 뭐야. 여기 말고 따로 소유한 재산이나 소속된 곳 있어?"

"당연하지! 이 업장은 시작일 뿐이야! 나는 레드핸드 소속이다! 이런!"

내 물음에 두목이 곧장 대답했다. 그리곤 곤란한 표정을 지었다. 레드핸드는 처음 들어보는 이름인데.

어디 길드인가.

"레드핸드에 대해 설명해 봐."

두목은 끔찍이 싫은 눈빛을 하면서도 순순히 자신이 아는 걸 털어놓았다.

"레, 레드핸드는 나처럼 각성자지만 사회에서 활약하고픈 놈들의 길드다. 당연히 비공식으로 운영되는 불법 길드지."

"한 마디로 범죄자 집단이라는 거구나. 그것도 각성한 놈들끼리 모인 위험한 집단."

"그렇다고 볼 수 있다."

문득 여진이 아버지가 생각났다. 지금 특수 감옥에 갇혀 있다고 했나.

"죄다 조폭질을 하는 건가?"

"아니. 나는 양반이야. 자기 하고 싶은 대로 하고 사는 놈들 투성이야! 나이와 사회 배경도 천차만별이지."

가디언즈는 이 사실을 알까. 사회에 해악을 끼치는 건 세뇌 능력자들만이 아니었다.

각성자들 일부 역시 타락해서 자신이 얻은 초인적 힘을 마구잡이로 사용하고 있었다.

"후."

스마트폰을 꺼내 녹음기를 틀었다.

"네가 아는 레드핸드 구성원들 이름을 전부 읊도록! 또 본거지 주소랑 연락 수단도 말하도록 해라."

"제, 제기랄."

두목이 파르르 떨며 아는 것을 모두 불었다.

아마 죽을 걱정을 하고 있겠지.

각성한 범죄자들의 모임이니 만큼 결코 규율이 부드럽지 않을 거다.

"내가 업소에 들어온 이후의 일을 전부 잊어라. 그리고 곧 잠에 빠져들도록 해. 깨고 나면 다시는 서울 근처에 얼씬 거리지 마라."

"음."

내 명령에 곧 두목이 픽 고개를 수그렸다.

놈을 턱 바닥에 버렸다. 눈을 뜨면 화들짝 놀라 서울을 도망가듯이 빠져나갈 것이다.

"하아."

간단히 업소 하나를 접수할 줄 알았는데 일이 번거로워졌다. 그래도 마무리를 했고, 레드핸드라는 기이한 조직에 대해 알게 됐다.

-먼저 들어갑니다, 피곤해서. 나머지 업소는 차차 돕죠. 일단 대기하세요.

진석철에게 문자를 넣고 집으로 향했다.

택시를 타는 중에 도예지에게 전화를 걸었다.

"여보세요."

-네, 준후 씨. 아직 시간이 더 필요해요.

"아, 작전 때문에 전화한 게 아닙니다."

지난번에도 느낀 거지만 도예지는 참 사무적인 여자였다. 강인하지만, 동시에 차갑기도 했다. 매 번 본론만 말하는 주의였다.

-아, 죄송해요. 그럼요?

"혹시 레드핸드라는 조직을 아십니까?"

-레드핸드? 아뇨. 뭐하는 곳이죠. 소형 길드인가요.

"그렇습니다. 모르시면 됐습니다. 다음에 연락드리죠."

-몸조심하세요.

전화를 끊었다. 이상한 일이네.

도예지가 모를 정도면 최근에 생긴 조직이거나, 꽤 비밀 유지가 철저한 단체일 것이다.

명령하는 입술만큼이나 위험한 게 초인의 주먹이다.

나이트클럽 두목의 말에 의하면, 온갖 곳을 배회하며 은밀히 범죄를 벌이고 있다고 했다. 내가 각성자라서 안다.

한 번 욕구나 강렬한 기운에 휩싸이면 어떻게 되는지.

어떤 면에선 고고한 척 하는 갑질 능력자보다 더 위험했다. 오만한 인간과 난폭한 짐승. 둘 다 사회에 이로운 존재는 아니었다.

"후!"

일단 대략의 정보는 받아 놨다. 나중에 침입해서 직접 내막을 밝혀야지.

가디언즈와 노블립스 사이에서 고민하며 하나 정리한 것이 있다.

거슬리고 잘못된 것은 하나씩 제외시키며 저울질을 하기로. 그리고 내 힘이 닿는 잘못됨이라면, 직간접적으로 개입해서 제거하기로 했다.

아니면 무조건적으로 잘못된 길을 갈 거 같았다.

"흠."

뫼비우스 초끈이나 각성 여부에만 이끌려 다니긴 싫다.

나도 내 의지로 판단하고 움직일 것이다.

어쩌면 레드핸드를 견제하거나 해체하는 게 그 첫걸음이 될 것이다.

구마준의 죽음에 어느 정도 영향을 받은 거 같다.

탈칵!

잠이 쏟아지기에 자취방으로 향해 얼른 누웠다.

만만치 않은 17층을 본격적으로 공략해야겠다.

20층이 멀지 않았다.

❖

17층에서 눈을 뜨자마자 내 소환수들을 찾았다. 아쉽게도 소환수들은 사라진 상태였다.

소환을 유지시켜줘야 할 내가 낮 시간 내내 자리를 비워서 그런가 보다.

"에헴. 다시 만들어야 하네."

이제 서열이 5천 위 부근이었다.

암력도 거의 1만 포인트 가까이 쌓여있었다.

강화된 소수정예 소환수들을 이끌고 단숨에 우월자 자리까지 상승해야겠다.

학습율2000% 덕분에 한 번만 잡아먹어도 엄청나게 서열이 올랐다. 리스크가 큰 만큼, 비슷한 서열을 잡아먹으면 기본적으로 경험치가 엄청났다.

[추종자 추적.]

달텅은 아마 무사할 것이다.

주홍색 실끈으로 얼른 달텅을 찾았다. 그러자 30만 대 서열을 달고 있는 소환자에게 실끈이 스며들었다.

"달텅! 제법 서열이 많이 올랐구나."

"카몬님. 돌아오셨군요. 이번 밤에는 꼭 위층으로 올라갔으면 하는 소망이 있습니다. 계속해서 싸우려니 제법 지치는군요."

"과연 그렇구나. 걱정 말거라. 이번 밤에는 올라갈 거 같으니."

하루 내내 17층에 머물렀다. 나를 추적하는 자들은 당연히 내가 꾸준히 신분상승할 거라 확신할 것이다.

그러니 이제는 18층이나 19층에 신경을 돌리겠지. 그들의 예상보다 약간 뒤쳐져서 올라가는 게 여러모로 안전할 것이다.

아니면 미러 퀘스트로 또 엄청나게 생략하거나.

"킬히히! 그렇다면 다행입니다. 제가 얼마나 많은 소환수와 서모녀들을 죽였는지 이제는 채 세지도 못하겠습니다."

"그래도 용케 살아남았네."

"강화한 소환수에다, 상성의 비밀을 안 덕분이지요. 대부분의 마물들은 무조건 크면 좋다고 생각하니까요. 피곤해서 그렇지 위험한 적은 없었습니다. 암력도 꽤 쌓았고요."

"수고했다. 우월자들 서열에 가까워지면 또 그렇지만도 않을 것이다."

"에흠. 그렇겠죠. 그럼, 저는 계속 대기할까요? 서열을 꽤 올리긴 했지만 카몬님과 같이 다니기엔 턱도 없군요."

"일단은 같이 다녀도 괜찮을 것이다. 서열에 상관없이 네 소환수들이 훨씬 강할 테니."

분명 17층에서 서열은 중요한 요소였다. 하지만 그건 순전히 더 크고 많은 소환수를 부릴 수 있기 때문이었다.

만약 한쪽이 일방적으로 강화와 상성의 비밀을 활용한다면 꽤 큰 서열도 극복할 수가 있었다.

"에헴! 그럼 모시겠습니다."

"그래. 일단 내가 이번에 쓸 소환수들을 모으도록 하겠다."

"아, 그래야겠군요. 신기한 뼈들을 몇 개 봐두었습니다. 서열이 높은 구간이라 멀리서만 봤지요. 지금도 있을 지는 잘 모르겠습니다."

"앞장서거라."

달텅이 자신이 봐둔 자리로 날 안내했다.

17층 중앙을 향해 계속해서 이동했다. 당연히 주변에선 격렬한 뼈 충돌음이 계속해서 들려왔다.

익숙해진 것 같으면서도 매 번 신경을 긁는 소리였다.

"거의 다 왔습니다."

"어라, 거기, 너! 웬 벌레 같은 서열이 여길 기어들어 온 거지?"

한참 이동하는데 소환자 중 하나가 달텅에게 시비를 걸었다.

척 보아도 만만한 서열이라 이것이었다.

내가 앞으로 나서서 말했다.

"내버려 두는 게 좋을 것이다. 아니면 내가 널 잡아먹을 테니. 내 서열이 만만한 게 아니라면 계속 떠들어 봐라."

"하……! 왜 낮은 서열이랑 같이 다니는지 이해를 못하겠네. 같은 패거리라 이건가. 저런 쓸모없는 걸 왜 패거리로 받아 줘. 소환수도 없으면서 서열로 밀어 붙이겠다 이거야?"

시비를 건 소환자는 쉽사리 물러서지 않았다.

달텅 같은 확실한 먹잇감을 놓치기 싫다는 것이었다.

내가 소환수가 없는 상황이라, 힘으로 달텅을 보호해주기가 곤란했다.

"카몬님. 해보겠습니다."

"정말이냐?"

"네."

보다 못한 달텅이 직접 나섰다. 거의 10배로 높은 서열을 지닌 소환자를 상대하겠다고 했다.

무모한 도전일 수도 있었다. 그럼에도 믿어주기로 했다.

"위험해지면 도와주마."

"굳게 믿겠습니다."

작게 달텅에게 속삭였다.

달텅이 자신의 회색빛 스컬들을 앞으로 내세웠다.

17층은 주로 개인주의가 만연한 층이었다.

비슷한 서열이 서로 먹잇감이었으니, 뭉쳐 들기가 힘들었다. 한 순간 배신을 당할 수도 있었으니까.

그에 더해 굳이 높은 서열이 낮은 서열과 함께할 이유도 없었다. 어차피 낮은 서열을 잡아먹어봤자 암력을 얻지 못할 것이다.

"킬히히히! 어디서 검게 썩은 뼈를 가져와서 겁 없이 덤비는 것이냐. 게다가 크기도 영 하찮아. 그나마 제일 큰 스컬도 한참 내 것에 모자라."

상대 소환자가 실컷 달텅의 소환수를 평가했다. 당연히 한없이 비웃는 자세였다.

"대형 스컬. 달려가서 벽을 만들어."

달텅이 보유하고 있는 스컬 분대는 대형이 3기, 중형이 2기, 소형이 5기였다. 그야말로 적잖은 규모의 분대였다.

반면 상대 소환자는 거대한 대형 스컬만 3기를 보유하고 있었다. 다른 의미의 소수정예였다.

"킥흐흐! 가서 다 으깨버려라!"

-크롸아아!

상대 소환자의 거대한 대형 스컬은 하마와 비슷한 뼈대를 지니고 있었다. 크기가 20m에 달해서 거의 공룡으로 보일 정도였다.

반면 달텅의 소환수는 전부 인간형 뼈대를 지니고 있었다.

대중소로, 특성과 크기만 다를 뿐이었다.

"똑똑하구나."

상성에 대한 비밀을 들키지 않기 위해 일부로 비슷한 뼈대로 대중소를 구성한 것이었다. 상대 소환자는 더더욱 당황할 것이다.

콰각!

"클하하! 한 번에 쪼개질까 염려되는구나!"

상대 소환자가 거만하게 웃어재꼈다.

기기긱.

허나 결과는 완전히 의외의 것이었다. 달텅의 대형 스컬들이 5m밖에 안 되는 덩치로 상대 하마 스컬의 턱을 받아낸 것이다.

"무슨!"

기기긱!

게다가 천천히 힘으로 하마 스컬들을 밀어내고 있었다. 되레 힘에서 앞선다는 것이다.

높은 서열이 의미가 있으려면, 그만큼 크고 강한 스컬을 수없이 많이 강화해야하는 듯 했다.

—크롸아아아!

—그으으으!

"소형 분대가 나가서 마무리해!"

달텅은 대형 스컬이 맞부딪치는 걸 보고 여유를 되찾았다. 나와 달텅 둘 다, 재차 확인할 수 있었다.

이 층은 이상하게 서열보단 소환수가 중요하단 것을. 적어도 강화에 관해 모르는 서열 내에선 그랬다.

—그으어!

—그으으엑!

작은 인간형 스컬들이 쪼르르 달려가 하마 스컬의 목에 올라탔다. 그리곤 검은 손톱을 푹푹 하마 스컬의 척추에 찌르고 다녔다.

"클하하! 네 놈이 제법 단단한 뼈를 고르긴 했다만, 저 작은 스컬들은 대체 뭐란 말이냐! 장난을 치는 것이냐!"

이번에도 상대 소환자는 자신의 웃음으로 인해 역으로 망신을 당해야했다.

콰르르!

공룡 같이 거대했던 하마 스컬이 무너져 내린 것이었다. 완전히 망가진 척추 뼈 때문에 구조 자체를 지탱할 수 없었다.

"제법이구나, 달텅. 뼈의 부위별 약점도 알고!"

"킥히히. 열심히 싸웠습니다. 카몬님이 안 계시는 동안 절대 죽지 않으려고요."

"기특하구나. 덕분에 곧 다음 층을 보게 될 것이다."

나는 한숨을 돌리고 쓸 만한 뼈를 찾기 시작했다. 여차하면 아무 대형 특성의 스컬을 불러내 스컬범을 터뜨리려 했다.

그러면 중간중간 달텅을 도울 수 있을 터였다.

-크르으으.

콰르르!

하지만 그럴 필요가 없을 거 같았다. 벌써 2번째 거대 하마 스컬이 무너져 내리는 중이었다.

상대 소환자는 이해할 수 없다는 듯 후드를 부여잡고 비명을 질러대고 있었다.

"에헤에엑! 이게 말이나 되는 상황이냔 말이다! 대체 저 그을린 뼈들은 뭐야!"

[소환: 대 / 복구율: 88% / 동시 개체: 15개.]

비슷한 뼈들을 모아 한꺼번에 소환해냈다.

그리곤 가장 큰 놈에게 나머지를 흡수하라고 했다.

나 역시 인간형 스컬을 채택했다.

다양한 작전을 벌이기엔 인체 구조가 제격이지. 다른 마물형 뼈대는, 특정 동작에는 특화됐지만 나머지 부분에서 너무 약점이 많았다.

-그으으으!

15번 강화된 15m짜리 대형 스컬이 내 것이 됐다. 17층에는 강화 실패란 개념이 없었다.

사실 그 때문에 원래는 서열이 중대한 요소였다.

암력의 용량이 즉 강화의 한계를 뜻했으니.

콰아아아.

"에흐아악! 젠장! 저따위 서열에게!"

상대 소환자가 마지막 말을 마치지 못하고 달텅의 먹이가 됐다.

달텅은 후련한 눈빛으로 스르륵 내게 다가왔다.

"이 정도의 서열 차까지 극복할 줄은 몰랐는데, 뭔가 뿌듯하군요. 이 층도 아주 나쁘지만은 않은 거 같습니다, 에헴. 카몬님 만큼은 아니지만, 저도 우월해지는 기분을 조금이나마 느낄 수 있으니까요."

"그렇다니 다행이다. 네가 봐뒀다는 뼈로 이동하자."

"알겠습니다!"

달텅과 1만대 서열의 구역에 진입했다.

"저기 저 뼈입니다."

달텅이 한 쪽에 쌓여있는 뼈들을 가리켰다. 뿔과 꼬리가 나있는 소형 특성의 뼈대였다. 딱 봐도 악마를 닮은 구조였다.

스으으으.

안광에서 암력을 돌려 소환술을 뿌렸다.

[소환력이 충분하지 않습니다.]

"뭐라."

"왜 그러십니까."

"범상치 않은 뼈다. 내 소환력으론 아직 부리지를 못해."

"에헥. 그런 뼈가 있다곤 들었는데, 5천위에게도 버거울 뼈라니요. 정말 놀랍습니다. 게다가 소형 특성인데."

"일단 급한 대로 다른 소형 특성을 부리겠다."

지난번에 지네 스컬이 제법 대단한 활약을 해주었다. 몸의 구조 때문에 자유자재로 어떤 상대의 틈이든지 파고드는 게 가능했다.

아이러니하게 작기 때문에 더더욱 쓸모 있는 구조였다.

[소환: 소 / 복구율: 74% / 동시 개체: 22개.]

22개의 지네를 겹쳐 거의 거무죽죽한 수준의 스컬을 만들어냈다. 길이는 2m 정도로 그리 거대하지 않았다.

하지만 분명 치명적인 힘을 지니고 있을 터였다.

"에흠. 아쉽긴 하구나."

현재 내 소환력은 수준이 B+였다. 그런데도 소환력이 부족해 달텅이 찍은 뼈를 부리지 못한다니.

악마를 닮은 뼈답다.

"그러게 말입니다. 사실 생김새가 제가 부리는 스컬들과 미묘하게 달라서 봐두었습니다. 다른 서모너들이 저주받은 뼈라고 불러서 더더욱 기억하게 됐죠."

"저주받은 뼈라."

"5천 위 대인 카몬님도 소환하지 못하니, 당연히 1만 대 서열에선 그 누구도 성공하지 못했습니다."

나중에 서열을 올리고 한 번 돌아와 봐야겠다.

희귀하다면 강화하지 못하더라도 그 자체로 가치가 있을 것이다.

"달텅, 일단 상대 서열 중에 강화된 스컬이 없을 때까진 따라 와라. 하지만 하나라도 보이면 그 땐 바깥으로 이동해 기다려."

"아아. 무슨 말씀인지 알겠습니다."

강화에 대해 아는 서열을 만나면 그 때부턴 서열이 분명 중대하게 작용하게 된다.

그 전까진 웬만해선 달텅이 소환대전에서 승리할 것이다.

"이제 중앙으로 더 들어가자꾸나."

달텅과 거무스름한 스컬 분대를 이끌고 중앙으로 나아갔다.

더더욱 거대한 뼈대들이 나타나기 시작했다.

쿠르르르.

어떤 스컬은 길이가 100m 가까이 되는 아나콘다 형상을 하고 있었다. 서열 3천 대가 부리는 스킬이었다.

곧장 4천 대 서열을 가진 소환자에게 덤벼들었다.

"대형 분대가 저 스컬의 두 다리를 붙들어라. 작은 스컬이 그 뒤로 치고 들어가."

ㅡ그흐으으!

ㅡ사르르르!

상대 스컬은 덩치가 30m에 달하는 고릴라 형태였다. 기이한 점은 굵고 거대한 팔이 총 6개나 달려 있다는 것이었다.

ㅡ크아아아!

쾅! 쾅! 쾅!

6수 고릴라 스컬이 내 대형 스컬들을 마구잡이로 내리쳤다.

과연 크기가 아예 중하지 않은 건 아니었다. 15번이나 강화한 내 대형 스컬들의 뼈 표면이 조금씩 찌그러지는 모습이었다.

하지만 그 뿐이었다. 본래는 가루가 되었을 테지.

ㅡ크아아아!

ㅡ사르르르!

지네 스컬이 부드럽게 6수 고릴라 스컬의 뼈대에 올라탔다. 그리곤 기어코 화려한 장면을 연출해냈다.

ㅡ크아아아아악!

6수 고릴라 스컬이 발목부터 시작하여 우르르 무너지기 시작했다.

마치 독에 감염되어 괴사하듯이, 지네 스컬이 훑고 지나가는 곳이 쩍쩍 갈라져 터졌다.

콰과과광!

거의 건물이 무너지는 광경과 견줄 정도였다.

콰아아아아.

나는 금세 상대 소환수를 흡수하고 곧장 다음 먹잇감을 노렸다.

우월자들은 이렇게 만만하지 않겠지.

❖

달텅과 함께 다니며 수없이 많은 소환자들을 삼켰다.

[카몬 - 17층 - 1099위.]

[타겟:달텅 - 17층 - 9만 1533위.]

나는 학습률2000%의 권능 덕분에 매우 손쉽게 성장했다.

놀랍게도 달텅 역시 서열을 상당히 올린 상태였다.

속도 자체는 내게 비할 바가 아니었다. 하지만 워낙 서열 차가 많이 나는 상대를 잡아먹어서, 자체적으로 보면 엄청난 성장을 이뤄냈다.

"킥히히히! 카몬님이 느끼시는 즐거움을 조금이나마 알 거 같습니다."

달텅은 한껏 흥분한 상태였다.

평생을 서열 시스템 아래에서 살아오다, 그걸 극복해내는 경험을 하니 주체하기 힘든 것이었다. 그간은 그저 평이한 서열 상승만을 겪었을 테다.

나는 달텅의 로브를 토닥여주었다.

"그래. 너도 조금이나마 맛보았다니 다행이구나. 자, 이제 슬슬 네 몸을 사릴 때다. 저길 봐."

달텅은 내가 가리키는 곳을 바라봤다. 그리곤 아쉬운 표정으로 안광을 끄덕였다.

콰드득! 콰각!

-크아아아!

-크레레렉!

1천 대 서열 구간에 가까워지자 스컬들이 서서히 어두운 색을 띠기 시작했다. 어느 정도 강화가 됐다는 뜻이었다.

"멍청하게 대형을 내세우다니! 무너져 내려야 정신을 차리지! 바깥 놈들이나 멍청하게 크기에 의존하는 거야!"

"쥐새끼를 내밀 줄 알고 내가 따로 준비를 해놓았지!"

게다가 그 뿐이 아니었다. 1천 대 서열부터는 대중소 상성에 관한 지식 역시 보유하고 있었다.

한 소환자가 대형 스컬을 앞세우자 상대 소환자가 소형 스컬을 내보냈다.

그러면 대형 스컬을 내보냈던 소환자가 즉각적으로 중형 스컬을 내세웠다. 의도적으로 멍청하게 대형 스컬을 내세운 것이었다.

콰직!

"에헤엑! 내 작은 스컬이!"

"킥헤헤! 다 으깨버려라! 멍청한 놈, 내가 생각 없이 대형 스컬을 내보냈겠느냐? 다 유인책일 뿐이었느니라!"

—크레레렉!

소형 스컬을 잃은 상대 소환자는 꼼짝없이 소환대전에서 밀리기 시작했다.

그 모습을 보고 달텅이 소환수들을 물렸다.

"정말 안 되겠군요. 저희 둘이서만 이득을 보던 요소를, 전부 가지고 있습니다."

"과연 그렇구나. 이제부턴 정신 똑바로 차려야겠어."

사실 그간 달텅과 난 소환대전에서 거의 긴장을 하지 않았다. 이제껏 상대해온 소환자들은 17층의 중대한 비밀에 대해서 몰랐으니.

2천 대 서열에 진입해서야 그나마 둘 중 하나를 아는 소환자를 가끔 만났다.

"킥히히! 너! 뭘 멍청하게 보고 있어? 저 놈의 스컬을 물어뜯어라!"

—크레레렉!

하지만 이젠 달랐다.

마물들이 두 개의 비밀을 다 알기에 나나 달텅이 압도적으로 유리한 입장이 아니었다.

나는 그렇다 하더라도, 서열이 훨씬 낮은 달텅은 이제

물러서야만 했다.

"달텅. 이제껏 잘해왔다. 넌 아직 서열이 10만 대이니 상대할 먹잇감을 찾는 게 어렵지 않을 거야."

"알겠습니다. 카몬님. 옆에서 든든히 이끌어 주셔서 감사합니다. 대중소 특성을 알려주시지 않았다면 전 여기까지 올 수 없었을 겁니다."

"나도 마찬가지야. 강화에 관한 정보가 없었다면 엄청나게 고생했을 거다."

"그럼 확신하며 기다리겠습니다. 꼭 승리하셔서 이번에도 17층의 주인이 되시기 바랍니다!"

달텅이 안광을 빛내며 응원을 건넸다.

나 역시 안광을 빛내며 대응해주었다.

"물론이다. 잘 생존할 걸 이미 알고 있다. 이제 안전한 바깥쪽으로 물러가거라. 서열 때문에 계속 시비가 걸릴 바엔, 네가 상대를 선택하는 게 나을 거야. 매 번 싸우는 것보단 암력을 소비하며 쉬는 것도 나쁘지 않을 테고."

"알겠습니다. 그럼 위에서 뵙겠습니다."

달텅이 후드를 숙여 인사를 했다. 그리곤 거무죽죽한 스컬들을 이끌고 외곽 쪽으로 이동했다.

"에헴!"

나는 본체를 돌려 1천 대 서열들을 죽 둘러보았다.

현재 내가 보유한 스컬은 30차 강화된 대형이 3기, 20차 강화된 중형이 3기, 45차 강화된 소형이 3기였다.

소형 스컬만 지네 뼈대였고 나머지는 인간형 뼈대를 지니고 있었다.

"에헤헴!"

맘이 답답해지자 본체의 목이 괜스레 컬컬한 것처럼 느껴졌다.

쭉 보니 1천 대 서열들은 알맞은 의미의 소수정예를 추구하고 있었다. 다른 점이라면 개수나 강화 비율을 통해 얼마나 분배를 다르게 했느냐-였다.

각자 운용하는 실력이나 스타일에 따라 대중소에 투자한 암력 비율이 다를 것이다.

내 경우엔 소형, 대형, 중형 스컬 순으로 암력을 분배한 상태였다.

"에허어어."

쉽사리 발걸음이 떨어지지 않았다.

지금 서열까지 오며 특별함 없이 막연히 소환대전에 임하는 마물들을 압도했다.

하지만 이젠 나도 별달리 내세울 게 없었다.

"그렇지."

그러다 이번 층에선 유독 간과한 권능을 떠올렸다. 소환수 위주인 곳이라 미처 필요하다고 느끼지 못했다.

[2성 각성.]

우웅.

역시 본체는 별다른 반응을 보이지 않았다.

그저 나만 보이는 듯한 얇은 주홍 고리가 내 본체 주변에 떠올랐다.

뭔가 효과가 있긴 한 걸까.

쿠드득, 쿠득!

의외로 반응을 보인 것은 내 소환수들이었다. 뼈대 자체가 변이하며 단순한 뼈에서 마치 갑옷 같은 구조를 띄게 됐다.

-크흐으으!

-사르르르!

소환수들이 뿜어내는 보랏빛 기운이 좀 더 강렬해졌다.

다행히 17층에서도 각성 권능은 무의미한 요소가 아니었다. 본체에 특수한 오라를 띄워서 결과적으론 소환수들을 강하게 만들어주었다.

"이 정도면 되려나."

언제까지 분석과 계산으로 시간을 허비할 순 없다. 암력 소모가 낮다곤 해도 내겐 시간이 모자랐다.

비록 안전을 위해서긴 하지만, 아직도 17층에서 이틀을 보내고 있는 게 맘에 걸린다.

"에헤헴! 중형 분대가 치고 들어가 저 놈의 작은 스컬들을 파괴하라! 소형 분대가 바로 붙어서 따라 가!"

1천 대 서열들에게 스르륵 다가갔다. 그리곤 대상 하나를 선정해 소환수들을 보냈다.

"에헥! 어딜 건방지게!"

내 중형 스컬 3기가 상대 소환자의 소형 스컬들을 후려치려 했다.

상대 소환자는 예상대로 발 빠르게 반응했다. 얼른 소형 스컬을 물리고 대형 스컬을 앞세우는 모양새였다.

"중형 분대는 뒤로 빠져라! 소형 분대가 앞으로 나가서 공격해!"

-사르르르!

나는 미리 상대의 반응을 예상했었다. 상성에 따라 뻔히 움직일 테니.

콰자작!

덕분에 상대의 대형 스컬이 내 스컬에게 상당한 피해를 입었다.

-크르르르.

"하! 제법 간교하게 덤벼들었구나. 허나 운이 좋은 것은 이번뿐이다!"

역시 위 서열답게 소환대전이 까다롭다.

상성은 여전히 유효한 요소였다.

하지만 상성으로 공격한다고 해서 한 번에 상대 스컬을 소멸시킬 수 없었다.

그저 확실한 피해를 입히는 정도였다. 상대 스컬도 강화가 돼 있는 상태였으니.

머리싸움이 치열해지겠는데.

"대형 분대! 저 놈의 큰 스컬들을 붙들어!"

"작은 스컬들이여! 저 큰 스컬들을 물어뜯어라!"

"중형 스컬이 붙어서 대형 스컬을 보호하라!"

─크르르르!

─크흐으.

끝내 이번에도 유리한 구도를 이끌어낸 것은 나였다.

중형 스컬이 내 대형 스컬을 노리는 적 스컬들을 떨쳐냈다. 그 뒤엔 곧장 지네 스컬이 치고 들어가 적 대형 스컬을 갉아먹었다.

콰드드득!

"이런 제기랄! 빠지란 말야! 그 큰 덩치로 왜 힘을 못 쓰는 거야!"

─크롸아아!

상대 대형 스컬이 뒤로 빠지려고 안간힘을 썼다.

하지만 각성한 내 대형 스컬이 철저히 놈의 몸체를 붙들었다.

콰가각!

끝내 지네 스컬은 충분한 피해를 축적하는 데 성공했다. 상대 대형 스컬은 먼지를 뿜으며 무너져 내렸다.

"에하아악! 이럴 순 없다! 내가 이 자리까지 어떻게 왔는데!"

전보다는 제법 어려운 싸움이었다. 하지만 순발력 있게 조합 구도를 뽑아낸 덕분에 위태롭진 않았다.

대형 스컬을 전부 잃은 상대 소환자는 극히 불리한 입장이
됐다.

"지네 스컬들은 상대 소형 스컬들을 붙들어라! 대형 스
컬들은 대기하다가 상대가 중형을 보내면 그대로 치고 나
가!"

–사르르르!

–그흐으!

적은 이제 내 중형 스컬을 견제할 수단이 없었다.

그래서 대놓고 차근차근 상대 소환자를 구석에 몰아넣을
수 있었다.

"에하악! 이런 제기랄!"

먼저 지네 스컬이 비슷한 상성의 소형 스컬을 붙들었다.
서로 아무리 갉아먹고 공격해도 치명적인 피해를 입힐 수
없었다.

그 틈에 중형이 치고 들어가 소형 스컬을 뭉개버렸다.

콰가각!

상대는 내 중형을 견제할 대형 스컬이 없는 바람에 발만
동동 구를 수밖에 없었다.

"계속 몰아붙여! 이제 몇 마리밖에 남지 않았어!"

"이런 부러뜨려 죽일! 에흐아악!"

이제야 익숙한 광경이 벌어졌다. 상대 소환자가 죽기 전
후드를 부여잡고 비명을 지르는 모습.

텅! 텅!

상대 소환자는 마지막 발악으로 죽음의 구를 쏘아보내기 시작했다.

"저 놈을 붙들어라!"

소환수들이 달려가 상대 소환자를 붙잡았다. 날아오는 죽음의 구는 그냥 몸체로 받아냈다. 강화 횟수가 높아서 위험할 정도의 피해는 없었다.

[능력 흡수. 대상: 타겟.]

사아아아아.

"에헤엑! 내게 무슨 짓을 한 것이냐!"

"곧 죽을 놈이 말은 많구나."

[능력 흡수 완료! A-급 소환술을 터득했습니다!]

[능력 흡수 완료! C+급 죽음의 구를 사용할 수 있게 됐습니다!]

[능력 흡수 완료! D-급 속도 강화 버프 능력을 사용할 수 있게 됐습니다!]

기존 능력들이 향상되는 것에 더해 새로운 버프 능력을 얻었다.

빠르게 치고 들어갈 때 따로 버프를 걸어줄 수 있겠다.

콰아아아!

-레벨 업!

서열이 700대로 올라버렸다. 덕분에 나는 곧바로 안쪽으로 이동해야만 했다.

"대형은 저 자의 대형 소환수들에게 붙어라. 지네 스컬은 대형 스컬의 등에 붙어 있어라. 중형 스컬은 바로 뒤에서 이동하도록 한다."

내가 생각하기에 가장 적합한 대열은 대중소 스컬들이 가까이 붙어 있는 대열이었다.

그래야 급격히 상황에 따라 필요한 특성의 스컬을 내보낼 수 있었다.

-크레레렉!

"어디서 또 어설픈 놈이 들어와 덤비는구나!"

상대 소환자가 날 비웃으며 대형 스컬을 이용해 소형 스컬을 던졌다. 제법 신선한 전투 방식이었다.

-크흐으!

탁!

허나 나라고 그 정도 술수에 쉽게 당할 리 만무했다.

"대형 스컬, 숙여! 중형이 대형을 발판 삼아서 뛰어 올라라!"

-그흐아!

대형 스컬이 쑥 바닥에 엎드렸다. 뒤에 붙어서 대기하던 중형 스컬이 대형 스컬을 발판 삼아 뛰어올랐다. 그리곤 주먹을 내질렀다.

파각!

날아오던 소형 스컬들이 큰 피해를 입고 땅에 떨어졌다.

"못 도망가게 계속 잡아 놔!"

중형 스컬들이 땅에 떨어진 적 스컬을 붙들고 마구잡이

로 주먹을 내리쳤다.

쾅! 쾅!

"사아아아아."

나는 흠칫하며 적 소환자를 노려보았다. 놈은 분명 소환 수들에게 뭔가 말을 하고 있었다. 하지만 내 입장에선 아무런 뜻도 이해할 수가 없었다.

저것도 특수한 능력인가 보다.

상대의 전략을 들을 수 없으니, 현장의 상황으로만 판단 해야겠네.

원래는 서로의 말이 얼핏 들렸다. 단지 계속 명령을 내릴 수 있는 게 아니라 타이밍과 예측 능력이 중요했다.

"대형 스컬. 앞으로 나가서 중형 스컬들을 보호하라!"

대형 스컬들이 앞으로 나가 달려오는 상대 대형 스컬들 을 막아섰다.

─쓰르르르.

헌데 상대 대형 스컬의 뼈 틈에서 작은 뱀 스컬들이 수십 씩 흘러나오기 시작했다.

─쓰르르.

─쓰르르르.

내 대형 스컬들의 표면이 급격히 갈리기 시작했다. 많이 강화한 덕에 곧장 무너지진 않았지만, 상성에 의해 치명타 가 누적되는 게 눈으로 보였다.

이상한 언어로 전달한 게 저 명령이었구나.

"뒤로 굴러! 중형 스컬들은 대형의 몸에 붙은 놈들을 떼어내!"

중형 스컬들이 뒤로 구른 대형 스컬들을 도왔다. 그 덕분에 급작스런 위기를 극복할 수 있었다.

"에헴!"

그나마 분대끼리 가까워서 다행이지.

중형 스컬을 이용해 숫자만 많은 뱀 스컬들을 최대한 제거했다. 그러자 상대 소환자의 분대 구성이 심각하게 불균형해졌다.

덕분에 상황 판단만으로도 소환대전에서 이길 수 있었다.

"에하악! 저런 입 뚫린 서모너에게 패배하다니! 치욕이다!"

붙들려 있는 놈으로부터 능력을 흡수했다.

[능력 흡수 완료! 심언 능력을 사용할 수 있게 됩니다.]

기존 능력이 향상되는 것과 함께 방어력 버프 능력과 심언 능력을 얻었다.

나도 이제 내 전략을 노출시키지 않고 소환수에게 명령을 내릴 수 있게 됐다.

콰아아아아.

"에흐으음!"

상대 소환자를 흡수한 뒤 크게 한숨을 내쉬었다. 서열이 빨리 오르니 이것도 문제라면 문제다. 부족한 능력으로 위서열을 이겨야만 한다.

"하아."

이제는 서열이 455위였다. 또 어떤 상황을 마주할지 몰랐다.

"그렇지."

문득 달텅이 지목한 특별한 뼈대가 생각났다.

나는 몸을 돌려 외곽 쪽으로 향했다. 그 뼈대라면 상황을 타개할 수 있지 않을까.

전에 보아두었던 뼈대로 이동했다.

다행히 다른 소환자가 스컬로 거둔 상태는 아니었다.

최소 나 정도 서열은 돼야 시도라도 해볼 텐데, 굳이 위 서열들이 이곳까지 나올 이유가 없었다.

특별한 뼈대에 관해 알고 있지 않은 이상.

"에헴!"

[현재 암력: 57899.]

암력은 충분했다. 이제 서열도 400위권이라 결코 낮다고 볼 수 없었다.

이 뼈대로 인해 뭔가 특별함을 갖춰야 우월자 자리까지 가는데 어려움이 덜할 거 같다.

그게 아니면 뻔한 그림이 그려졌다. 치열하게 머리싸움을 하고, 버프나 대중소 분대의 비율을 통해 이겨야만 하는 그림이.

너무 어렵고 위험 확률이 높은 길이었다.

사아아아.

암력을 끌어 모아 안광으로 뿜어냈다.

쿠득.

그러자 이번엔 악마를 닮은 작은 뼈가 움직이는 게 보였다.

[소환: 유니크 / 복구율: 100% / 동시 개체: 1개.]

−키야악! 어디!

악마를 닮은 작은 스컬이 벌떡 일어나 눈에서 보라색 안광을 뿜었다. 그러면서 짤막하게 말을 했다.

놀라운 일이었다.

스컬이 말을 하는 건 처음 본다.

−복종! 거부!

[퀘스트: 유니크 스컬을 굴복시켜 소환수로 거두십시오. 보상: 추가 레벨 업.]

−키야아악!

퀘스트 내용처럼 유니크 스컬은 곧장 내게 복종하지 않았다. 오히려 적대적인 안광을 뿜으며 손톱을 치켜들었다.

[죽음의 구 발사.]

팅!

유니크 스컬이 죽음의 구에 맞고 나가떨어졌다.

허나 별다른 피해 없이 벌떡 일어나 꼬리를 흔들었다.

−키악! 복종! 거부!

유니크 스컬이 순간 손에서 불구덩이를 만들어냈다. 스컬 치고는 매우 놀라운 능력이었다.

나는 즉각 심언으로 소환수들에게 명령했다.

"대형 스컬! 막아! 저 놈을 다 같이 붙잡아라!"

대형 스컬이 얼른 유니크 스컬이 쏘아 보낸 불구덩이를 몸으로 받아냈다.

콰득!

대형 스컬의 몸체가 심하게 찌그러지는 게 보였다. 역시 유니크 스컬은 소형 스컬에 가까운 특성을 띠는 건가.

-크흐으으!

중형 스컬이 달려가 유니크 스컬에게 주먹을 날렸다.

-키약!

유니크 스컬은 휙 몸을 수그린 다음 손톱으로 중형 스컬의 발목을 할퀴었다.

서걱!

중형 스컬의 발목이 떨어져나갔다. 공격당한 스컬은 심하게 휘청거렸다. 중형에게도 강하다니.

설마.

[속도 버프 시전.]

[방어력 버프 시전.]

지네 스컬에게 두 가지 버프를 뿌렸다.

"저 놈을 휘감아서 제압해라!"

-사르르르!

지네 스컬이 재빠르게 기어가 유니크 스컬을 휘감으려 했다. 3마리가 다른 방향에서 동시에 달려들었다.

-키야악!

화르륵!

유니크 스컬은 손에서 불을 뿜으며 꼬리로 지네 스컬을 후려쳤다. 끝내 놈을 붙드는 데 성공한 스컬은 하나도 없었다.

"에허! 이럴 수가."

끝내 직접 눈으로 확인할 수 있었다. 유니크 스컬은 대중소 특성 모두에게 강한 스컬이었다.

워낙 희귀해서 강화할 수 없단 게 단점이었지만, 그 자체로 굉장히 강했다.

"저 스컬은 뭐야?"

"스컬이 불을 뿜는다고? 게다가 더 큰 스컬들을 제압하고 있어! 압도적이잖아!"

"대체 주인이 누구야? 멀리서 숨어서 조종하는 건가?"

유니크 스컬을 소환해낸 것은 나였다. 아이러니하게 놈과 격렬하게 싸우고 있는 것도 나였다.

보통 스컬이 아니니만큼 제압해야 내 것으로 만들 수 있는 거 같았다.

"에휴우."

벌써 내 스컬들 전부가 피해를 입은 상황이었다. 그냥 따로 덤벼서는 승산이 없다.

심언으로 소환수들에게 외쳤다.

"뒤섞여서 놈을 붙잡아라! 내가 신호를 주면 한꺼번에 달려들어!"

-키야악! 적 제거! 탈출!

유니크 스컬은 짤막한 말을 반복했다.

그 모습에 소환자들이 재차 수군거렸다.

사아아아.

[소환: 대 / 복구율:99% / 동시 개체: 10개.]

쿠드득, 쿠득.

대형 스컬 10기를 추가로 소환했다. 이번엔 겹쳐서 강화하지 않고 그저 유니크 스컬에게 곧장 보냈다.

유니크 스컬은 안광을 빛내며 손에 불구덩이를 띠웠다.

-키야아아!

화르르륵!

대형 스컬들이 처참하게 떨어져나가기 시작했다.

여전히 상황은 내 계산대로 흘러가고 있었다.

[스컬 범 시전.]

유니크 스컬에겐 소수정예보단 무조건 숫자로 밀어붙이는 게 적합했다. 동시에 모든 스컬을 공격하진 못할 테니.

-키약! 속박! 복종 거부!

쿠드득, 쿠득!

달려드는 대형 스컬들 뒤로 강화한 스컬들이 합류했다. 결국 유니크 스컬은 작은 팔다리를 붙잡히고 말았다.

아무리 빨리 대형 스컬들을 소멸시켜도 한꺼번에 덤비니 어쩌지 못하는 것이었다.

콰득! 쾅!

유니크 스컬은 일방적으로 내 소환수들에게 얻어맞았다. 어떻게든 발악을 하려 했지만 힘 자체가 더 강한 건 아니었다.

주로 민첩하게 손톱과 불구덩이를 이용해 피해를 입히는 유형인 듯 했다.

레이드로 따지면 딜러 역할이었는데, 유니크 특성이라 기본적으로 대중소 특성에서 자유로울 뿐이었다.

퍼걱!

대형 스컬이 휘두른 주먹에 유니크 스컬의 두개골이 거의 목뼈에서 떨어져나가려 했다.

-키약! 항복! 복종 약속!

"정말이냐?"

혹시나 싶어 유니크 스컬에게 재차 물었다.

-진실! 진실!

"좋다. 너를 거두어주겠다."

[퀘스트가 완료됐습니다. 추가 경험치가 지급됩니다.]

-레벨 업!

유니크 스컬로부터 반투명한 끈이 흘러나와 내 손에 접붙었다. 내가 유니크 스컬의 주인이 됐다는 뜻인 듯 했다.

"이제 내게 복종하는 게 맞지?"

-긍정! 진실!

"혹시 이름이 있나?"

-임프루!

놀랍게도 스컬은 자신의 이름까지 기억하고 있었다. 그렇다면 위층에 대해 말할 수 있지 않을까.

"네가 온 곳이나 죽기 전 일들도 기억해?"

-일부! 조금!

"한 번 최대한 묘사해보도록."

달팅 같은 수준은 바라지도 않았다. 하지만 임프루가 말할 수 있는 단어들은 극히 제한돼 있었다.

게다가 한 번 말할 때 최대 5단어를 넘기질 못했다. 언어 능력 자체가 제한돼 있는 듯 했다.

그러니 전해 받은 위층 생태계는 매우 불분명한 모습이었다. 크게 도움이 되진 않은 거 같다.

뇌가 없어서 그런가.

"에헤흠! 그래. 거기까지 듣도록 하자. 임프루는 후방 타격을 맡도록 한다. 이제 가자."

임프루를 소환수 분대에 합류시켰다.

"일단 너희들부터 수리해야겠구나."

임프루를 포획하느라 강화 소환수 전반이 부상당한 상태였다.

허나 걱정할 건 없었다. 그간 전투를 반복하며 스컬을 수리하는 방법을 터득했다.

1번 더 강화하면 스컬은 완전히 멀쩡한 모습을 갖추게 됐다.

-그흐으으!

-사르르르!

17층을 돌아다니며 같은 유형의 뼈대를 찾아냈다. 어차 피 크기는 상관없었다. 그저 강화를 통해 피해를 회복하는 게 목적이었으므로.

달팅을 만나면 임프루를 보여주려 했는데, 우연히 마주 치는 일은 없었다.

"자, 이제 가자. 전부 나를 따르거라."

-키야악!

다시 17층 중앙으로 이동해 소환대전을 벌일 적절한 대 상을 찾았다.

"소형 분대! 저 놈의 스컬들을 쳐라!"

-사르르르!

다음 상대로 선정한 소환자는 412위였다.

주로 소형 스컬들을 강화하고 나머지는 숫자 위주로 확 보한 모습이었다.

"하! 감히 작은 스컬로 내게 도전해오다니! 겁도 없구나!"

412위는 꽤나 우직한 반응을 보였다. 중형을 앞세울 줄 알았는데 마찬가지로 소형 스컬을 내보냈다.

물론 그러면서도 중형 분대와 대형 분대를 뒤에 세워놓 긴 했다. 견제용으로 말이다.

소형 스컬끼리 맞붙어도 결국엔 이길 자신이 있다는 건가.

콰드드득!

지네 스컬과 412위의 도마뱀 스컬이 맞붙었다.

-사르르르!

얼마 지나지 않아 지네 스컬이 눈에 띄게 고전하는 게 보였다. 뼈대 구조나 강화 수준 자체에서 밀리는 것이었다.

"중형 분대! 합류해서 소형 분대를 도와라! 임프루는 달려오는 적 스컬들의 발목을 날려버려!"

-키야아악!

"킬킬킬! 역시! 작은 스컬만으론 자신 없다 이것이냐! 끝까지 견제하면 결국 내 작은 스컬들이 승리할 것이니라!"

상대 소환자가 확신에 차서 외쳤다. 그러면서 다수의 중형과 대형 스컬들을 내세웠다.

화르륵! 쾅!

임프루가 내 명령대로 적 스컬들의 발목에 화염구를 쏘아 보냈다.

그 때문에 세차게 달려오던 중형 스컬들 몇이 바닥에 고꾸라졌다.

쿠드득! 우직!

-키엑

넘어진 상대 스컬은 불행히도 장애물이 되고 말았다. 뒤이어 달려오던 스컬들이 연쇄적으로 걸려 넘어졌다.

화르륵! 쾅!

임프루는 꾸준하게 화염구를 쏘아 보냈다. 그 때문에 고꾸라지는 스컬들은 더더욱 늘어갔다.

-그흐으으!

파각!

반면 내 중형 스컬들은 제 시간 내 소형 스컬들에게 도달할 수 있었다. 그리곤 잔뜩 강화된 412위의 소형 스컬들을 차근차근 소멸시켜나갔다.

"에헤에엑! 이게 말이나 된단 말이냐! 대체 저 불을 뿜는 스컬은 뭐야! 스컬이 맞긴 한 것이냐!"

애초에 원거리 공격이 가능한 소환수가 있는 것만으로도 상당히 유리한 조건이었다.

그것에 더해 임프루는 유니크 특성이라 모든 유형에 강했다.

"몰아 붙여라! 임프루는 합류해서 중형 스컬들의 목을 절단해!"

-키야아악!

끝내는 412위가 자랑스럽게 생각하던 놈의 소형 분대를 전멸시켰다.

다음으론 차분하게 놈의 중형 분대마저 소멸시켰다.

이번에도 임프루는 대단한 활약을 보여주었다.

내 소환수들을 발판 삼아 뛰어다니며 뚝뚝 상대 중형 스컬의 목을 끊어놓았다.

콰드득.

마지막으로 412위의 대형 분대를 전멸시키는 건 거의 일 방적일 정도로 쉬운 일이었다.

"에하아악!"

콰아아아아.

능력을 흡수한 뒤 412위를 삼켰다.

-레벨 업!

[카몬 - 17층 - 297위.]

달텅이 지목한 뼈를 기억해낸 게 천만다행이었다. 임프 루가 없었다면 제법 까다로운 싸움이 됐을 것이다.

단순해 보이지만 412위의 전략은 제법 머리를 많이 쓴 전략이었다. 견제 분대를 세워놓고 순수하게 소형 스컬 간 의 힘겨루기로 소환대전을 이끌고 가는 전략을 구사했다.

잘못 말리면 역으로 소환분대를 잃고 전투를 진행해야 했다. 딱 패배로 가는 구도가 나오겠지.

반면 난 임프루 덕분에 아예 그런 전략을 짓눌러버릴 수 있었다. 견제 분대를 무력화하고 기존의 상성 구도를 적용 시킬 수 있었다.

-키야아악!

"계속 이동한다!"

어느 정도 자신감이 붙었다.

임프루라면 위 서열들의 예측불허한 능력을 극복할 수 있을 터였다.

"대형 스컬들을 벽 삼아 전진하라! 임프루가 대형 스컬 위에 올라타서 계속 화염구를 쏴 보내!"

-키야아악!

다음으로 상대한 소환자는 275위였다.

터더덩!

주로 다발로 된 죽음의 구를 쏴 보내 소환대전에 간섭하는 게 특징이었다. 하지만 그러기 위해선 본체가 소환수들에게 가까워야했다.

-키야아악!

"에하아악! 감히 스컬이 날 공격하다니!"

벼르고 있던 임프루가 상대 소환자에게 직접 화염구를 쏘았다. 때문에 손쉽게 승리를 얻어낼 수 있었다.

[능력 흡수 완료! A급 죽음의 구 멀티 샷을 사용할 수 있게 됩니다.]

이제 한 놈만 더 잡으면 우월자들을 상대하게 된다. 나는 쉬지 않고 움직였다.

"에악! 우월자도 아닌 게 특별한 스컬을 부리다니!"

콰아아아!

112위와 싸워 얻어낸 능력은 의외의 것이었다.

[능력 흡수 완료! 스컬 아바타 능력을 사용할 수 있게 됩니다.]

스컬 아바타 능력은 정신으로 직접 스컬의 움직임을 조종할 수 있게 해주었다.

나는 안광을 빛냈다.

낮 시간에 수련하고 터득했던 온갖 주짓수 기술과 레슬링 기술들이 생각났다. 관절기가 뛰어난 무술들이었다.

인간형 스컬들을 채택하길 잘했네.

❖

이제 몇 번 남지 않았다. 이 호전적이고 격한 층에서 반드시 승리해야하는 횟수가.

다음 상대는 45위였다. 다행히 45위는 별달리 특별한 능력을 보유하지 않았다.

대신 보유한 스컬들이 매우 철저하게 강화된 모습이었다. 거의 검은색이라고 해도 과언이 아닐 정도로 극강으로 강화된 상태였다.

[2성 각성.]

쿠드드득.

각성 오라를 통해 내 스컬 분대의 형태와 강도를 강화시켰다.

[방어력 버프 시전.]

[속도 버프 시전.]

[공격력 버프 시전.]

[유연도 버프 시전.]

그에 더해서 그간 흡수해왔던 버프들을 마구잡이로 스컬들에게 퍼부었다. 이로써 훨씬 부족한 강화 정도는 어느 정도 극복한 거 같다.

"못 보던 놈인데 제법 빠르게 치고 올라왔구나. 원래는 싹을 잘라주었을 텐데. 주제에 맞지 않게 특별한 뼈를 거느리고 있다니! 킥히히."

상대 소환자가 여유롭게 웃었다. 놈은 유니크 스컬을 보유하고 있지 않았다.

그럼에도 대중소 분대의 강화가 극에 달해서인지 자신감이 넘쳤다.

"대중소 분대는 각자 자신과 똑같은 특성의 스컬들에게 덤벼들어라! 임프루는 안전한 곳에서 지원 사격을 가한다!"

임프루가 특별하단 걸 아는 이상 상대는 임프루를 어떻게든 공략하려 할 것이다.

그럴수록 나는 임프루를 보호해야 했다. 임프루는 화력은 비범했지만 맷집은 그렇지 않았다.

유니크 스컬이라도 무적이란 뜻은 아니었다.

-크흐으으!

-크레레렉!

내 명령대로 스컬들이 자신의 특성과 똑같은 적을 찾아 맞붙었다.

"킥하하하! 겁도 없구나! 감히 그런 밝은 색채의 뼈로 덤벼 들다니!"

온갖 버프와 각성까지 적용시킨 상태지만 여전히 내 스컬들이 밀렸다.

콰가각! 기기긱!

-사르르르!

그래도 같은 특성끼리의 대결이라 심각하게 밀리는 건 아니었다.

그저 눈에 띄게 서서히 밀리는 정도였다.

다행히 상대 소환자는 직접적인 대치 구도를 거부하지 않았다.

상성으로 머리싸움을 하는 대신 같은 특성의 스컬끼리 싸우도록 내버려두었다. 그게 자신에게 유리했으니까.

"임프루! 이제 지원 사격을 가해라!"

숫자가 얼추 맞아서 임프루를 노리는 적 스컬은 없었다.

터더덩!

대신 상대 소환자가 멀찍이서 다발로 된 죽음의 구를 발사했다.

"피해라, 임프루!"

-키야악! 회피!

임프루는 재빠른 몸짓으로 날아오는 죽음의 구를 피해냈다.

그리곤 반격을 가하듯 화염구를 연달아서 쏘아 보냈다. 대상은 상대 소환자가 아닌, 놈의 스컬들이었다.

쾅! 쾅!

-크레에엑!

임프루가 발사한 화염구가 소환대전에 제법 의미 있는 영향력을 끼쳤다.

한껏 밀어붙이던 상대 스컬들이 조금씩 부상을 입기 시작한 것이다.

"에히이익! 특별한 스컬 하나로 만회해 보겠다 이것이냐! 멍청하게 보고 있을 것 같으냐!"

콰가가가각!

45위가 폭발적인 암력을 뿌려 한꺼번에 수십의 스컬들을 일으켰다.

모두 크기가 25m 이상 되는 거대한 스컬들이었다.

"사아아아!"

45위가 심언으로 뭔가 명령을 내렸다.

보나마나 새로 소환한 스컬들에게 임프루를 집중 공격하라고 했을 것이다.

-크아아아!

-크시시시!

거대한 스컬들이 대치중인 강화 스컬들을 넘어서 난폭하게 달려왔다. 나 역시 가만히 보고만 있진 않았다.

[소환: 대 / 복구율: 99% / 동시 개체: 35개.]

[카몬 - 17층 - 48위.]

내 소환력이나 서열은 결코 45위에 뒤지지 않았다. 나도 막대한 숫자의 스컬들을 일으켜 벽을 세웠다.

콱! 기기긱!

강화되지 않은 다수의 대형 스컬들이 서로 맞붙어 격렬하게 힘겨루기를 했다.

-키야아악!

화르륵! 쾅!

대형 스컬 하나가 새어나와 임프루를 집어삼키려 했다. 임프루는 재빨리 뒤로 몸을 뺀 다음 화염구를 날렸다.

콰과광!

그러자 임프루를 집어삼키려던 대형 스컬의 턱 한쪽이 절단되어 덜렁거렸다.

[죽음의 구 멀티 샷 시전.]

터더덩!

부상당한 대형 스컬은 내가 직접 처단했다.

"임프루! 강화되지 않은 대형 스컬들을 방패삼아 끝까지 살아남아라! 위험할 거 같으면 강화된 스컬들 사이로 스며들어!"

-키예엑! 명령! 인지!

"에헴! 그래 봤자 시간이 지나면 내가 승리할 것이니라!"

45위의 도발에 반응하지 않고 암력을 운용했다. 놈의 시선은 온통 임프루에게 향해 있었다.

반면 놈이 가장 신경 쓰지 않는 부분은 강화된 중형 스컬끼리의 힘겨루기였다.

[스컬 아바타 시전.]

사아아아.

같은 특성끼리의 힘겨루기는 끝내 이길 거라고 확신하는 것이었다.

-크흐으으!

난 중형 스컬 중 하나로 눈을 떴다.

내 본체는 가만히 안광을 뿜으며 허공에 떠 있는 모습이었다. 위태롭다 싶으면 곧장 돌아가야지.

콰득!

난 새로 옮긴 스컬의 몸으로 45위의 검은 스컬과 힘겨루기를 하고 있는 중이었다. 양 손으로 깍지를 낀 채 서로 박치기를 반복 중이었다.

틱! 티딕!

그럴수록 손목과 두개골 이마에 금이 가는 게 느껴졌다.

턱!

급히 손깍지를 뺀 다음 상대 스컬을 잡아당겼다.

-크레엑!

황소 머리를 가진 적 스컬은 그대로 내가 당기는 방향으로 끌려왔다. 원래 놈이 가하던 힘의 방향이기도 하니까.

텅!

바닥에 넘어지자마자 화려하게 다리를 놀렸다.

기기긱!

두 다리로 황소 머리 스컬의 어깨를 압박했다. 골반 관절을 급히 들어 황소 머리의 팔꿈치를 자극했다.

-크레에엑!

바로 암바 공격을 펼친 것이었다.

생소한 상황에 황소 머리 스컬은 그저 온 몸을 뒤틀기만 했다. 그렇게 무식하게 빠져나가긴 힘들 거다.

우직!

결국 놈은 팔꿈치가 부러지는 걸 막지 못했다.

타닷!

나는 앞으로 굴러 곧장 놈의 다음 팔을 부러뜨렸다. 양팔이 만신창이가 된 놈을 내버려두고 상체를 낮게 유지하며 일어났다.

-그흐으으!

나로 인해 팽팽하던 대치가 무너질 것이다.

콰각!

재빨리 소형 스컬들의 무릎 관절에 로우킥을 박아 넣었다. 그 때문에 소형 스컬들이 우르르 무너져 내렸다.

"이 무슨!"

45위가 당황하는 틈에 얼른 다른 중형 스컬을 붙들고 넘어졌다.

모르는 자가 보면 엉성하게 뒤엉키는 정도로 보일 것이다. 하지만 어느 순간 나는 다리로 어깨를 감아 암바를 거는 중이었다.

우득!

그렇게 중형 스컬 3기의 팔을 모두 부러뜨렸다.

극강으로 강화 됐다고 해서 관절이 부러지지 않는 게 아니었다.

오히려 높은 서열의 스컬일수록 복구율이 높아 관절 부분의 구조가 확실했다.

"이럴 수가! 저 스컬은 또 뭐야! 그냥 굴러다니는 스컬 중 하나인데 어찌 저런 기술을 사용한단 말인가!"

사아아아.

나는 본체로 돌아가 대치중인 일반 대형 스컬들을 둘러보았다.

[소환: 소 / 복구율: 93% / 동시 개체: 10기.]

소형 쥐 스컬을 10기 소환해냈다.

[스컬 범.]

터더더덩!

그리곤 임프루를 보호하기 위해 소환했던 대형 스컬들을 일제히 터뜨렸다.

─크뤠에에엑!

그 때문에 대치중이던 45위의 일반 대형 스컬들이 고통스럽게 울부짖으며 몸을 웅크렸다. 중첩 폭발 때문에 거의 소멸에 가까운 치명타를 입은 것이었다.

"방금 눈을 뜬 소형 스컬들이여! 가서 저 대형 스컬들을 물어뜯어라!"

─갈갈갈갈!

쥐 스컬들이 쪼르르 달려가 죽어가는 대형 스컬들을

마무리했다.

"다음으론 강화된 적의 소형 스컬들에게 붙어!"

-갈갈갈갈!

쥐 스컬들이 한꺼번에 기세가 꺾인 적의 강화 소형 분대에게 달려갔다. 아까 내가 한 번 무너뜨린 것을 힘겹게 만회 중인 모습이었다.

[스컬 범.]

터더더덩!

쥐 스컬들의 폭발 때문에 한 차례 더 강화 스컬들의 대치가 흐트러졌다.

그 때를 놓치지 않았다.

"중형 스컬들은 무조건적으로 소형 스컬들을 전멸시켜라!"

-그흐으으!

-그에에엑!

나의 중형 스컬들이 급격히 방향을 틀어 폭발에 충격을 받은 소형 스컬들을 공격했다.

상성 덕분에 소형 스컬들은 금세 온 몸의 뼈가 분리됐다. 팔이 덜렁거리는 적 중형 분대는 미처 발 빠른 대처를 하지 못했다.

"이, 이럴 순 없다! 특별한 스컬은 별달리 한 것도 없는데 이런 차이가!"

끝내 45위에겐 양팔이 부러진 중형 분대와, 여전히 대치 중인 대형 분대밖에 남지 않게 됐다.

"마무리하라!"

한쪽 분대가 무너지는 순간 이미 판세는 기울었다고 봐도 무방했다.

이후로 45위를 공략하는 것은 어렵지 않았다.

콰아아아.

—레벨 업!

[카몬 — 17층 — 8위.]

"에헴!"

수준이 딸리는 스컬들을 가지고도 승리를 얻어냈다. 죽어가던 45위의 말과 달리 이번엔 임프루 덕이 아니었다.

내가 직접 관절기를 써서 상대 스컬을 무력화한 게 관건인 싸움이었다.

마침내 우월자에게 도전할 차례였다. 내내 기다려온 싸움이었다.

나는 만전을 기하기 위해 17층 곳곳을 돌아다녔다.

사아아아.

그리곤 태반의 암력을 투자해 대중소 분대 모두가 검어질 정도로 강화를 진행했다. 가까이 가서 만져보니 과연 쇠에 비할 정도로 뼈대가 튼튼해진 모습이었다.

"저 자를 공격한다. 일단 대기하라."

7위가 내 다음 먹잇감이었다. 허나 섣불리 공격하진 않았다.

놈은 검은 대형 스컬 10기와 유니크 스컬 1기를 보유하고 있었다. 이전에 보지 못한 괴이한 생김체의 스컬이라 곧장 유니크 스컬이란 걸 알았다.

당연히 임프루와는 다른 형태였다.

"도전하고 싶은 게냐. 차라리 남은 암력을 깎아먹으며 명이라도 늘리는 것이 나을 텐데. 아니면 9위를 잡아먹거나!"

7위는 전의를 드러내는 내게 느긋한 반응을 보였다.

"그럴 순 없지."

나는 검은 스컬 분대를 앞세웠다. 7위가 안광을 빛내며 스윽 손을 들었다.

-크롸아아아!

놈의 대형 스컬 10기가 매우 조직적으로 움직이기 시작했다. 수 천 번씩 훈련을 받은 듯 했다.

그 사이로 7위의 유니크 스컬이 치고 나왔다.

"소형 분대가 앞으로 나가서 상대하라! 중형 분대는 뒤에 대기하고, 대형 분대는 가서 힘을 보태라!"

-사르르르!

내 딴엔 제법 효과적인 대응이었다.

-카후우우우!

털컥! 털컥!

헌데 기이한 일이 벌어졌다. 7위의 유니크 스컬이 너무나 빠른 속도로 소형 스컬들의 목을 탈골시키고 다니는 것이었다.

털컥! 털컥!

"킥흐흐흐. 도망치려면 지금 도망쳐라. 너를 막아줄 스컬들이 얼마 남지 않았으니."

7위는 암력이 남아도는 지 나를 잡아먹는 것에 큰 흥미를 보이지 않았다. 하지만 때가 오면 결코 자비를 베풀 거 같지 않았다.

"에헴! 에헤헴!"

유심히 7위의 유니크 스컬을 살폈다. 거대 오징어를 닮아서는, 염동력으로 비행을 하는 스컬이었다. 용케 비슷한 뼈대를 찾았는지 수차례 강화까지 된 모습이었다.

"제기랄."

빠르게 계산을 해보았다.

7위의 대형 스컬들은 공간을 차지하며 방패막이 역할을 할 뿐이었다. 소형 스컬로 공략하려 해도 어느새 7위의 유니크 스컬이 다가와 목을 탈골시켰다.

-그흐으윽!

탈칵! 탈칵!

그토록 겁게 강화시킨 내 스컬 분대가 빠르게 무너지고 있었다. 어떤 전략이나 상성 구도도 통하지 않았다.

관절기를 활용해도 마찬가지일 것이다.

그냥 힘과 조합 그 자체에서 밀렸다. 큼지막한 대형 스컬들 사이를 수영하는 비행형 스컬. 임프루의 화염구로도 맞추기 힘들 테지.

마치 거대 방패 사이를 휘젓는 창과 같은 대열이었다.

"임프루, 따라와!"

"킥하하하!"

7위의 비웃음을 뒤로 하며 임프루를 데리고 얼른 줄행랑을 쳤다.

당장 상황이 급박하지 않았음에도 남은 스컬들을 전부 포기했다. 내 목숨 값으로.

그만큼 난 오랜만에 코앞까지 다가온 죽음의 위기를 생생히 느꼈다.

"에헴!"

이제 와서 막히다니. 방법을 찾아야만 한다.

안전한 곳으로 이동해 대형 스컬들을 잔뜩 소환했다. 그리곤 벽처럼 대형 스컬들을 주위에 두르고 그 안에 웅크렸다.

아래 서열들이 임프루만 가진 걸 보고 시비를 걸지 않도록 방지하는 것이었다. 또한 생각하기 편하게 심란한 주변 광경을 가리는 용도이기도 했다.

"에흐음."

안광이 흐릿해지는 기분이었다.

절망 속에서도 열심히 머리를 굴려보았다.

벌써 7위부터가 압도적인 유니크 스킬의 힘으로 소환대전을 밀어붙였다. 상성 따위는 무시하는 태도였다. 중형과 소형 스컬이 없었으니.

대형 스컬마저 그저 부피와 강도로 보조를 하는 역할이었다.

"에히이익!"

철저히 시간과 경험에 기반한 전략이었다.

그토록 희귀한 유니크 스킬을 여러 번 찾아내는데 얼마나 오래 걸렸을까.

그러니 더 높은 최상위권은 어떻겠는가.

나는 저들에 비해 당장 내세울 특별함이 없었다.

아무리 각성을 통해 스컬들을 개조해도 수차례 강화된 유니크 스킬에 비할 바가 아니었다.

"그렇다면……."

나도 17층 전역에 스컬을 퍼뜨려 임프루와 흡사한 뼈대를 찾아야하는 걸까.

일단 확인해 봐야할 게 있다.

"너, 저기까지 멀리 뛰어가 봐."

-크레레렉!

대형 스컬 하나가 내 명령에 한 방향으로 달려갔다. 나는 초조하게 녀석의 뒷모습을 지켜보았다.

촤르륵!

한참이나 지나 대형 스컬이 꽤 작아 보일 정도로 멀어졌을 때, 급작스레 녀석이 해체되며 땅에 무너졌다.

내 영향권에서 벗어나 소환이 풀린 것이었다.

"에흠! 젠장. 이것도 안 되네."

결국 어느 정도는 직접 돌아다니며 임프루를 강화할 수 있는 뼈대를 찾아야한다는 것이었다.

그러려면 시간이 상당히 걸리겠지. 그건 너무나도 꺼려지는 길이었다. 몇 주가 걸릴지 몇 달이 걸릴지 몰랐다.

뭔가 새로운 요소가 없을까.

지금까지는 기발한 요소들을 발견해, 급격히 상승하는 서열을 힘겹게나마 보조해왔다.

17층은 서열이 모든 걸 해결해주는 층이 아니었으니까.

"달팅을 찾을까."

허나 우월자들에게 도달하자 다시 문제에 봉착했다. 그들은 새로운 요소보단 누적된 시간 자체로 인해 강력함을 뽐내고 있었다.

"뭐가 더 없을까……."

한참이나 고민했다. 새로운 요소를 찾아낼 방법을. 무작정 실험을 하기도 어려운 상황이었다. 웬만한 요소는 다 밝혀낸 상태니.

아래층에선 다이너마이트 발명만으로도 충분했는데.

여기선 대체 비범한 요소를 얼마나 찾아내야하는 걸까.

[퀘스트: 드디어 짧게 통신할 수 있겠구나. 키메라를 제작해라. 유니크 스컬로부터 시작해. 보상: 대중소 스컬을

한꺼번에 유니크 스컬에게 먹여!]

"에헥!"

웅크려 있다가 벌떡 일어나 주위를 살폈다.

심연에서 들었던 그 목소리였다.

목소리를 담고 있는 매체는 다름 아닌 퀘스트 창이었다.

"이럴 수가."

퀘스트 내용은 매우 미묘한 것이었다. 형식은 분명 퀘스트 창이었지만 내용은 완전히 메시지 형태였다.

"키메라라……."

정말 시간을 들여 일일이 유니크 스컬을 찾아야 하나 걱정했다. 하지만 고맙게도 뫼비우스 초끈이 놀라운 힌트를 전달해주었다.

"임프루, 이리 와 봐!"

-키예에엑!

절망하는 나를 갸우뚱거리며 쳐다보던 임프루가 얼른 뛰어왔다.

사아아아.

[소환: 소 / 복구율:100% / 동시 개체: 3개.]

[소환: 중 / 복구율:100% / 동시 개체: 3개.]

대중소 특성의 스컬들을 한곳에 모았다.

그리곤 멀뚱멀뚱 나를 쳐다보는 임프루에게 말했다. 녀석이 이제는 내 유일한 희망이다.

"임프루. 대형, 중형, 소형 스컬을 한꺼번에 흡수해라."

-키예엑! 처음! 명령! 시도!

임프루가 의아해하면서도 안광을 빛냈다.

나는 상황을 돕기 위해 대중소 스컬들에게 엎드려 뭉쳐들라고 말했다.

임프루가 한데 뭉쳐든 대중소 스컬들에게 작은 손을 올렸다.

-키야아악!

콰드드득!

놀랍게도 반응이 나타났다. 전과 달리 가루가 되어 임프루에게 스며드는 게 아니었다.

대중소 스컬들의 몸이 분해되며 각기 다른 부위로 재조립되기 시작했다. 그 중앙에는 임프루가 자리해 있었다.

콰드득! 콰득!

-키예에엑! 완료!

재조립을 끝마치자 임프루는 완전히 다른 모습을 하고 있었다.

전에는 키가 100cm에 달하는 작은 악마였다면, 지금은 건장한 성인 남성의 모습을 하고 있었다.

물론 몸을 이루는 태반의 뼈는 대중소 스컬들의 뼈대였다.

"되었다. 되었어!"

임프루는 눈에서 붉은 안광을 뿜었다.

여타 유니크 스컬과는 차원이 다른 기세였다.

[퀘스트 완료! 되었다! 좀 더 준비해서 우월자들을 쳐!]

이번에도 퀘스트를 통해 누군가의 의사가 전달됐다.

항상 뫼비우스 초끈이 무언가 의도를 가지고 있다곤 생각했다. 그런데 심연에서 목소리를 조우한 뒤론 그 의도가 아예 인격체로 바뀌고 있었다.

상승할수록 비밀이 풀릴 거란 내 예상이 맞았다.

"킥히히히!"

절망에서 확신으로 넘어가자 신이 나지 않을 수 없었다.

[현재 암력: 34191.]

나는 안광을 뿜으며 17층 곳곳을 배회했다. 그리곤 거의 2만 암력을 투자해 강화된 대중소 스컬들을 만들어냈다.

"임프루! 다시 흡수해라!"

―키예에엑! 두 번째! 긍정!

임프루가 한 데 모은 대중소들을 다시 흡수했다.

콰드득! 우득!

수십 차례의 재조립 후 임프루는 그야말로 막강한 모습을 갖추게 됐다.

"저, 저 스컬은 뭐야!"

"대체 저런 스컬은 어디서 구하신 겁니까. 위대한 서모너시여."

"아서라. 괜히 말 걸다가 소멸 당해!"

처음으로 17층 마물들이 나를 두려워하거나 존경했다. 그만큼 딱 봐도 임프루는 대단한 스컬이었다.

4m 키에 이마에 검게 뻗은 뿔, 그리고 뼈로만 가득 찼지만 형태는 근육질인 인간형 몸체. 그에 더해서 철퇴 같은 꼬리와 거대한 날개까지 갖추고 있었다.

크기가 아니라 기품으로 소환자들을 압도했다.

-키예에엑!

흠이라면 여전히 얇은 목소리와, 제한된 단어를 구사한다는 것이었다.

"되었다. 이 정도면 되었어!"

내겐 다른 스컬들이 없었다.

전부 임프루에게 먹인 탓에 오로지 스컬이 1기뿐이었다.

그럼에도 난 추가로 소환술을 부리지 않았다.

"가자! 임프루!"

-키예에엑! 전투! 복수!

임프루가 늠름한 모습으로 날 따랐다.

전과 달리 소환자들이 두려움에 가득 차 길을 텄다.

굳이 죽을까봐 그런 것이 아니었다. 소환수일 뿐인 임프루에게 순수한 공포를 느꼈기 때문이었다.

설마 유니크 스컬의 상위 소환수가 존재할 줄이야.

키메라라고 했지. 누가 상상이나 했을까. 대중소 스컬을 한꺼번에 먹이는 방법을 말이다. 그것도 이미 최상위 수준이라 보이는 유니크 스컬에게.

"무슨!"

느긋하게 허공을 부유하던 7위가 흠칫하며 자세를 갖췄다.

그리곤 떨리는 안광으로 내게 말했다.

"대, 대체 그 스컬은 뭐란 말이냐! 평생 저런 뼈대를 본 적이 없다. 어떻게 저렇게 많은 뼈가 군집을 이루고 있는 거지?"

"네가 알 바가 아니다. 나도 기회를 주지. 암력을 소모하며 목숨이라도 연명해라. 도망갈 기회를 주겠다."

선한 마음으로 7위에게 그런 제안을 하는 게 아니었다.

아까의 치욕을 그대로 갚아주고픈 것뿐이었다.

"킥히히! 제법이구나. 꽤 쓸 만한 스컬을 데려왔어. 하지만 그 짧은 시간동안 제대로 강화를 했을 리 없다. 생긴 것만 대단한 놈이겠지!"

이미 7위는 충분한 위협을 느낀 상태였다.

그럼에도 자존심 때문에 쉽사리 도망치지 않았다.

"나는 분명 기회를 줬어. 임프루. 그냥 전부 죽여 버려."

굳이 심언을 쓸 필요도, 복잡한 전략을 구사할 필요도 없었다.

나는 임프루의 압도적인 승리를 확신했다.

—키예에에엑!

촤악!

임프루가 거대한 날개를 펼치며 땅을 박차고 나갔다.

—크롸아아아!

7위가 대형 스컬들을 내세우며 그 사이로 유니크 스컬을 출전시켰다. 뻔 한 대응이었다.

대형 스컬들로 임프루를 붙들고 여기저기서 찔러댈 생각
이겠지.

파각!

임프루가 주먹을 내지르자 보랏빛 충격파가 터져나갔다.
그 때문에 대형 스컬들의 검은 몸체에 일제히 금이 갔다.

-키롸아아아!

임프루는 더 이상 손에서 불구덩이를 발사하지 않았다.

대신 입에서 거대한 보라색 화염을 뿜었다.

"이, 이럴 순 없다! 저런 스컬은 존재해선 안 돼!"

7위가 슬쩍 뒤로 흘러가기 시작했다.

임프루가 뿜은 불에 대형 스컬은 물론 7위의 유니크 스
컬까지 녹아버린 모습이었다.

"끝내."

콰아아아아.

임프루가 건성으로 날개를 휘둘러 7위를 절단 냈다. 나
는 유유히 보라색 가루를 흡수한 다음 뼈 탑이 세워진 곳으
로 향했다.

[카몬 – 17층 – 2위.]

"누가 뼈 군주의 숙면을 방해하는가!"

"건방지게! 더 이상 나아갈 순 없을 거다."

"네 놈은 진즉에 싹을 잘라야겠구나."

"대단한 스컬이긴 하다만, 그 하나론 어림없을 것이
다!"

3위부터 6위가 내 앞을 막아섰다. 모두 최소 2기씩의 유니크 스컬을 보유한 모습이었다.

도합해서 유니크 스컬만 13기였다. 17층 절반을 쓸어버릴 수 있는 전력임이 분명했다.

"엄청 겁먹었나 보구나. 우월자라는 것들이 한꺼번에 덤비려 하다니. 1대1 소환대전으론 자신 없나 봐?"

"에헥! 닥쳐라! 뼈 군주를 보호하려는 것뿐이다!"

"어디서 그런 불결한 뼈를 주워왔는지 모르지만, 날뛰는 것도 여기까지니라!"

"자격도 없는 2위를 죽여라! 내가 다시 2위가 될 것이야!"

─키야아아악!

─샤시시시!

"임프루. 전부 다 없애버려."

13기의 유니크 스컬들이 맹렬하게 임프루에게 달려들었다. 임프루는 날개를 좌악 펼쳐 유니크 스컬들을 떨쳐냈다.

그리곤 땅을 박차며 차례대로 유니크 스컬들에게 발차기나 주먹을 박아 넣었다.

쾅! 쾅!

그 때마다 보랏빛 충격파가 터지며 화려한 광경을 자아냈다.

─키야아아악!

마지막으론 하늘로 날아올라 수직으로 화염을 뿜어 내렸

다. 잔뜩 부서져 있던 유니크 스컬들은 그대로 몸이 녹아내렸다.

-키엑! 승리! 확정!

임프루가 조롱하듯이 얇은 목소리로 외쳤다.

"그, 그만! 당신을 새로운 뼈 군주로 모시겠습니다."

"당신이야말로 17층의 새로운 주인입니다!"

"길을 비키겠습니다! 잠만 자는 게으른 뼈 군주를 물리쳐주십시오!"

"킬킬! 이제 와서 빌겠다는 것이냐? 1위를 상대하기 전에, 암력이 적은 것보단 많은 게 좋겠지."

"제발!"

-키예엑!

임프루가 내 뜻을 알아듣고 날개를 수평으로 휘둘러 한꺼번에 3위부터 6위를 즉사시켰다.

콰아아아아.

"과연. 우월자들답구나!"

[현재 암력: 939921.]

그야말로 막대한 양의 암력이 쌓였다.

이제 남은 것은 뼈 탑뿐이었다.

아직도 1위는 반응이 없는 상태였다. 숙면 중이라더니 정말 자는 건가.

일단 만전을 기해 나쁠 게 없겠지.

척.

뼈 탑에 가까이 다가가 권능을 뿌렸다. 분명 1위는 뼈 탑 안에 있을 것이었다. 거리는 충분했다.

[능력 흡수 완료! S급 소환술을 터득했습니다.]

[능력 흡수 완료! 죽음의 보호막을 사용할 수 있게 됩니다.]

[능력 흡수 완료! 죽음의 폭탄을 사용할 수 있게 됩니다!]

그 외에도 수십 가지 능력들을 얻어냈다.

1위가 잠에 빠져든 이유를 알겠다. 너무 지루해서.

흡수한 능력만 봐도 1위는 까마득할 정도로 강했다.

그러면서 섬뜩한 생각이 들었다. 200m 높이 솟아있는 뼈 탑이 단순 구조물이 아닐 수도 있다는 생각.

–누가 겁도 없이 도둑질을 하느냐!

능력 흡수를 인지한 듯 뼈 탑이 움직이기 시작했다.

쿠르르르.

뼈 탑이 서서히 몸을 펼치기 시작했다. 끝내 알게 됐다.

–그아아아아!

뼈 탑은 웅크리고 있던 거인이었다. 먼지를 뿜으며 일어서니 가히 키가 450m를 넘어섰다. 무지막지한 거인이었다.

흡수한 능력 중 하나가 떠올랐다.

일심동체 능력.

거인이 두 팔을 들어 웅장한 포효를 내뿜었다.

그 바람에 17층 전역에 섬뜩한 진동이 울려 퍼졌다.

나는 얼른 암력을 운용했다.

잘못해서 저 거인에게 스치기만 해도 본체는 뼈도 추리지 못할 것이다.

[일심동체 시전.]

사아아아!

유령체 몸이 거의 투명할 정도로 변해 임프루에게 스며들었다. 30만 암력을 소모했지만 충분히 가치 있는 투자였다.

-음.

나는 곧 임프루가 됐다.

하찮은 본체와 비교할 수 없는 막강한 힘이 느껴졌다. 꼬리와 날개로 선명한 감각이 뻗는 게 자각됐다.

-그아아아아! 17층에 서모너 말고 좀도둑이 존재하는 줄은 몰랐구나! 내게서 뭘 가져간 것이냐!

뼈 군주는 최강의 존재답게 감각이 예민했다.

능력 흡수를 제법 선명하게 인지한 듯 했다.

하지만 아주 구체적으로 간파한 것까진 아니었다.

-네가 알 바 아니다. 난 너를 죽이고 위로 올라가야겠다.

말을 하자 임프루의 얇은 목소리가 흘러나왔다. 이질적인 기분이 들긴 했지만 분명 목소리의 주인은 나였다.

일심동체다운 결과였다. 다행히 언어능력이 제한된 것까지 융합되진 않았다.

-그하하하!

뼈 군주가 느린 웃음을 뿜어냈다. 그 때마다 거인의 입에서 강풍이 터져 나왔다.

-이 스컬은 그냥 굴러다니는 유니크 스컬이 아냐! 시초에 17층을 공사했던 티탄의 스컬이니라! 네 스컬이 제법 비범하긴 하다만, 17층의 시초와 상대가 될 것이라 생각하느냐! 그하하!

뼈 군주의 스컬은 그 정체성 자체가 무지막지했다. 다른 스컬들은 위에서 쏟아져 내려온 시체를 활용한 스컬들이었다.

심지어 임프루와 현재 내 본체가 된 키메라도 그러했다.

반면 뼈 군주의 스컬은 17층의 시작을 함께한 존재였다.

-덩치가 큰 편이긴 하다만, 그 뿐이잖아.

괜스레 뼈 군주를 도발해보았다. 뭔가 대단한 걸 숨기고 있다면 일찍이 마주하는 편이 낫겠지.

키메라가 없었다면 정말 끔찍할 뻔 했다. 날고 긴다는 유니크 스컬도 뼈 군주 앞에선 초라했다.

-그흐흐흐. 그럴까!

쿠구구구.

뼈 군주가 팔을 치켜들자 대기가 팔과 함께 휩쓸려 올라갔다. 워낙 몸체가 거대해 한 동작을 진행하는 데도 제법 시간이 걸렸다.

-보여주마!

콰아아아!

뼈 군주가 강풍을 뿜어내며 주먹을 내질렀다.

내 입장에선 주먹보단 바위산이라는 묘사가 더 정확했다.

-크으! 거세긴 하다만 느려 터졌는데.

감각을 뿌리자 날개에 보랏빛 기운이 감돌았다. 거친 바람에 휘청거리던 난 다시 안정적으로 비행을 할 수 있었다.

덕분에 유유히 다른 곳으로 날아 뼈 군주의 주먹을 피했다.

-정녕 이게 전부라 생각하느냐! 보아하니 너도 일심동체를 깨친 것 같은데, 아직 한참 모자라구나!

우웅.

뼈 군주가 내지른 팔과 주먹이 한꺼번에 보라색 안개에 휩싸였다.

콰과과과!

그리곤 수백 개가 넘는 죽음의 구를 뿜어내기 시작했다.

손바닥에서만 뿜어내는 게 아니라 팔 전체에서 촘촘하게 쏘아대는 것이었다.

-이런!

[죽음의 보호막 시전.]

일단 보호막을 두르고 최대한 날아오는 죽음의 구를 피했다.

텅! 텅!

하지만 간혹 가다가 한 대씩 맞아 보호막이 상하는 건 어쩔 수 없었다. 게다가 단발타가 아니었다.

-끝이 없구만!

수백 발의 죽음의 구가 뼈 군주의 팔에서 꾸준히 발사되어 나왔다. 그야말로 다방향성 폭격에 가까운 공격이었다. 나는 끊임없는 폭격 속에서 연속으로 피해나갈 틈을 찾아 나갔다.

-그간 내가 얼마나 막대한 양의 암력을 쌓아왔을 거라 생각하나! 네 놈은 상상도 못할 것이다! 그하하하!

뼈 군주가 웅장하게 웃으며 다른 쪽 팔을 스윽 들었다. 설마 양팔에서 뿜어내려는 건가.

아예 피할 틈새가 없어질 수도 있다.

-크롸!

온 몸에 보랏빛 보호막을 둘렀다. 그리곤 양 손을 뼈 군주의 머리통에 겨눴다.

비록 누적된 암력 차는 엄청나겠지만, 적어도 능력만큼은 정확히 똑같을 정도로 대등하다.

[죽음의 폭탄 시전.]

콰웅!

암흑덩어리가 양손에서 뿜어져나갔다.

콰앙!

그리곤 뼈 군주의 거대한 두개골로 날아가 폭발했다.

시커먼 폭발 때문에 잠시 뼈 군주의 거대한 머리통이 뒤로
치켜졌다.

－그흐흐! 제법이구나. 하지만 평범한 뼈가 아니라고 몇
번 말하느냐!

뼈 군주의 뼈대는 약간 그을린 정도였다. 실질적 피해는
없다고 봐도 무방했다.

콰과과과!

이제 뼈 군주의 양손에서 죽음의 구가 뿜어져 나오기 시
작했다. 안 그래도 많은 암력 덩어리가 2배로 늘어났다.

피해 다닐 공간이 더더욱 좁아진 것이었다.

[죽음의 보호막 시전.]

보호막을 새로 소환한 다음 뼈 군주를 향해 날아갔다. 거
대한 적을 상대할 땐 거리를 좁히는 게 제격이지.

실제 무술에서도 그렇게 배웠으니까.

－그와아아악!

뼈 군주가 입을 벌리더니 수 백 마리의 스컬들을 토해냈
다. 박쥐 모양을 한 소형 스컬들이었다.

뱃속에 잔뜩 쌓아두고 있었나 보다.

－이쯤이야!

파가각!

나 역시 주먹을 내질러 보랏빛 충격파를 터뜨렸다. 그리
곤 조금씩, 조금씩 앞으로 나아갔다.

내가 노리는 목적지는 뼈 군주의 입 속이었다. 거친 비행

이었지만 당장 입는 피해는 없었다.

-그와아아!

우웅!

거대한 뼈 군주가 죽음의 보호막을 둘렀다.

암력 투자량이 무지막지해서 그런지, 그 거대한 몸이 전부 가려졌다.

쾅! 쾅!

나는 보호막에 들러붙어 마구잡이로 주먹을 내질렀다.

[죽음의 폭탄 시전.]

콰과광!

연달아서 보호막을 공격했다.

그러자 서서히 보호막이 깨지는 게 보였다.

-뭘 하려는 것이냐! 나는 무적이니라!

쿠구구구.

뼈 군주의 거대한 손이 천천히 다가오는 게 느껴졌다. 놈이 암력을 투자해 보호막을 수리하는 게 보였다.

금이 간 보호막이 천천히 매워지고 있었다.

지금 도망치면 다시 원점으로 돌아가겠지. 암력 소비량이 상당했다. 최고급 능력들을 뿜어대다 보니.

시간은 결코 내 편이 아니었다.

-크롸아아아!

포효를 내지르며 마구잡이로 주먹을 난타했다.

충격파가 중첩돼 더더욱 화려한 광경을 자아냈다.

-으깨버리겠다!

콰창!

뼈 군주의 거대한 손이 닿기 전에 보호막을 깨트리는 데 성공했다.

나는 급히 하강해 뼈 군주의 입속으로 들어갔다.

-건방진!

[35중 버프 시전.]

사아아아.

한꺼번에 수십 개의 버프를 내 스스로에게 쏟아 부었다. 그리곤 뼈 군주의 두개골 곳곳을 난타하기 시작했다. 그 때문에 서서히 그 거대한 뼈가 금이 가는 게 보였다.

-그와아아아!

뼈 군주가 포효를 내질러 강풍으로 날 쫓아내려 했다. 묵직한 숨바람이 온 몸을 짓눌렀다.

콰각!

하지만 금이 간 곳에 손톱을 박아 넣어 내 위치를 고수했다. 키메라의 몸이 비행할 수 있어 천만다행이다.

안 그랬으면 뼈 군주가 찍어 내리는 주먹을 피하다가 암력을 전부 소모했을 것이다.

-그와아아! 날파리 같은 새끼! 나오지 못할까!

우우웅.

뼈 군주의 뼈대 전체가 한 차례 진동했다. 그러더니 급격히 뜨거운 불을 뿜어내기 시작했다.

-크악!

나는 찍어누르는 열기에 비명을 내질렀다.

그럼에도 놈의 두개골에서 빠져나가지 않았다.

[죽음의 폭탄 시전.]

콰과광!

되레 더 격렬하게 공격을 퍼부었다.

쩌억!

놈의 두개골이 갈리는 게 보였다. 나는 열기 때문에 잠시 일심동체 상태를 놓았다. 기절하기 직전 상태에 놓인 것이다.

-키예엑! 주인! 재조립! 뼈 칼날!

잠시 정신을 차린 임프루가 다급하게 외쳤다.

일심동체 중이라 녀석도 생생히 전투를 지켜본 후였다.

-해보마. 임프루!

다시 통제권을 되찾아 암력을 끌어 모았다.

[키메라 재구성.]

콰드드득!

오른 손의 뼈들을 재구성해 거대한 대검을 만들었다. 그리곤 한껏 그곳에 암력을 퍼부었다.

콰가가각!

뼈 군주가 뿜어내는 열기 때문에 날개가 많이 상한 상태였다. 곧 있으면 비행을 못하게 될 수도 있었다.

-머리통을 갈라주마!

힘차게 허공을 박차며 날아올랐다. 열기에서 벗어나 그대로 갈라진 틈에 골 대검을 밀어 넣었다.

콰자자작!

충격파가 터지며 거대한 뼈 군주의 머리가 반으로 갈라졌다.

-크하아악!

나는 고통스러운 비명을 뿜으며 뼈 군주 바깥으로 나왔다. 온 몸이 확 차가워지는 것처럼 느껴졌다.

-그아아악! 네 따위 날파리에게 죽을 순 없다!

뼈 군주가 자체 수리 능력으로 두개골을 이어 붙이려는 게 보였다.

정말 강력한 마물임에는 틀림없었다.

-그렇겐 안 되지!

날개가 전부 어그러져 더 이상 비행이 불가했다.

탓!

나는 추락하는 도중 뼈 군주의 두개골을 발판삼아 수직으로 달렸다.

그리곤 골 대검을 잔뜩 치켜들었다.

-쭉 자게 해주마!

서걱!

대검을 한 차례 휘두르자 위태롭게 흔들리던 뼈 군주의 목 관절이 완전히 절단됐다.

쿠구구구.

건물이 무너지듯, 뼈 군주의 만신창이가 된 두개골이 목에서 분리되어 땅에 떨어지기 시작했다.

우우웅.

암력이 새어나가는 듯, 뼈 군주의 몸통에서 사방으로 보랏빛 안개가 뿜어져 나왔다. 나는 힘껏 그 안개를 들이켰다.

그러자 급격히 암력 수치가 오르는 게 보였다.

"킥히히히! 이럴 수가! 티탄의 스컬을 깨트릴 줄이야!"

퍼지던 보랏빛 안개가 급격히 뭉쳐들기 시작했다. 그러더니 거대한 유령체 하나가 모습을 드러냈다.

-아직 끝이 아니다! 17층에 있는 스컬 수만을 일으켜 너를 뼈의 파도에 묻어버리겠다!

쿠르르르.

뼈 군주는 자신의 말을 그대로 실현해냈다. 17층에 빽빽이 깔려있던 수없이 많은 뼈들이 뭉쳐들어 거대한 뱀을 형성하기 시작했다.

그야말로 뼈의 파도였다.

-크하아아.

저런 괴물까지 상대할 여력은 남아있지 않았다.

쾅!

나는 날개를 잃은 상태에서 무너지는 티탄 스컬을 박차고 내려갔다.

그리곤 곧장 1위의 본체에게로 향했다.

"에하아아악!"

비명을 지르는 놈을 수직으로 갈라 내렸다. 그리곤 땅에 착지해 털썩 넘어졌다. 거의 기다시피 하여 대중소 스컬들을 모았다.

[키메라 강화.]

사아아아.

다행히 키메라 역시 강화를 통해 부상을 극복할 수 있었다.

−후아아아.

안도의 한숨을 내쉬고 하늘을 바라보았다. 1위가 보랏빛 번개를 뿜어내며 죽어가는 중이었다.

나는 확실한 마무리를 위해 손을 치켜들었다.

[죽음의 폭탄 시전.]

10연발의 거대한 암력 폭탄을 쏘아 보냈다.

그것에 맞은 1위는 더더욱 격렬한 반응을 보이며 끝내 허공에 흩어지고 말았다.

콰아아아아.

−어억! 억!

무서울 정도로 많은 양의 보랏빛 가루가 내 입으로 흡수되어 들어왔다. 소환수의 몸으로 받아내려니 더 힘든 거 같다.

[일심동체 분리.]

사아아아.

유령체의 몸으로 돌아오자 좀 더 순조롭게 흡수 과정을 마칠 수 있었다.

"에헥! 이런 미친!"

허공을 빽빽이 매운 보라색 가루를 3시간 동안이나 흡수했다. 너무나 많은 양의 암력을 흡수해서인지, 유령체로 이루어진 본체가 10배 가까이 덩치가 커졌다.

"에헴! 정말 엄청난 양이구나."

흡수한 암력의 수치를 세어보았다. 얼마나 오랜 기간 1위가 암력을 쌓아왔는지 알 수 있었다.

놈으로부터 얻은 암력은 총 수치가 7조 8921억을 넘어서고 있었다.

나는 넘쳐나는 암력을 재빨리 갈무리했다.

그 덕분에 반투명하던 내 유령체가 한껏 진해졌다.

"에헴."

미묘하게 암력 사이로 뼈 군주의 기억이 보였다.

초월적인 양의 암력이라 이전 소유자의 흔적이 미약하게나마 전해지는 듯 했다.

ㅡ너는 쭉 자기만 하면 돼. 평생 네 것으로 암력을 보유해라. 그래도 아무도 위에서 널 건드리지 않을 거야. 이해했나? 대의를 위한 일이기도 해.

-킥히히히! 그러면 저야 좋죠. 영원히 17층의 주인이 되겠습니다. 무한하게 쌓은 암력을 꺾을 서모너는 없겠죠!

-네게 티탄 스컬의 비밀을 알려준 자가 누군지 잊지 마라.

-명심하겠습니다, 귀빈이시여.

까마득히 오래 전 뼈 군주가 135층 존재와 밀담을 나누는 기억이었다.

당연히 전준국은 아니었다. 그저 전에 보았던 135층 마물과 거의 흡사한 모습을 하고 있었다.

유독 뿔이 많은 점을 제외하면.

[추종자 퀘스트: 유니크 스컬 이상의 소환수를 부려라. 보상: 추종자와 함께 신분상승.]

[추종자 퀘스트 완료!]

[퀘스트: 뼈 기둥을 세워 다시 암력을 던전에 순환시켜라. 보상: 추가 소통.]

쌓인 암력과 흐릿하게 본 기억을 통해 유추할 수 있었다.

아래층이 화력 발전소나 전력 발전소 역할을 하는 것처럼, 이 층의 역시 암력을 던전 전체로 순환시켜야 했다.

하지만 누군가의 하청으로 인해, 17층 1위는 오랫동안 잠을 자며 자신에게 흘러들어오는 암력을 독차지해왔다.

일종의 횡령이라고도 볼 수 있지.

위에서는 일부러 방치한 듯 했다.

"에흠."

보상은 매우 독특한 것이었다. 추가 소통이라. 설마 또 뫼비우스 초끈이 의사 전달을 하는 것인가.

그렇다면 결코 놓쳐선 안 될 것이다.

[대소환술. 동시 개체: 40만.]

콰과과과과!

뼈 군주가 그랬던 것처럼 폭발적인 암력을 뿌려 뼈의 파도를 일으켰다.

그리곤 3개의 거대한 기둥을 만들어냈다.

1위가 되자 굳이 흡수하거나 배우지 않아도 스스로 깨치는 점들이 많았다.

마치 거대하게 쌓인 암력이 스스로 깨치는 감각을 자극하는 것만 같았다.

콰우우웅!

내 몸에서 보랏빛 번개를 뿜었다.

번개는 3갈래로 갈라져 기둥에 스며들었다.

콰르릉! 쾅쾅!

그러더니 기둥이 배로 증폭된 암력 에너지를 위층으로 쏘아보내기 시작했다. 오랜 기간 잠들어 있던 낡은 천장이 한순간 전부 괴이한 문양으로 빛나기 시작했다.

쿠르르르.

[퀘스트 완료! 신분상승을 보류하고 키메라와 일심동체가 되어 19층 1위를 제압하라. 이후엔 일심동체 대상을 19층 1위로 바꿔라.]

매우 파격적인 내용이었다.

게다가 이토록 유용한 정보가 퀘스트 완료 내용에 섞어 들어왔다.

마치 누군가 던전 시스템의 메시지를 교묘히 흉내 내며 이용하는 거 같았다.

보나마나 뫼비우스 초끈의 주인이겠지.

쿠르르르.

던전 전체가 심히 흔들렸다. 오랜만에 막대한 양의 암력을 제공받아서인지, 상당한 변화가 일어나는 듯 했다.

[대소환술. 동시 개체: 300만.]

몇 십 억의 암력을 사용해서 더더욱 큰 뼈의 파도를 일으켰다. 그리곤 수없이 강화를 반복해 그토록 많은 뼈를 딱 3개의 스컬로 강화해냈다.

-크르르르!

-그흐으으!

스컬들은 너무나도 강화된 탓에 검은 빛은 고사하고 아예 주변의 빛을 빨아들이고 있었다.

색채가 검은 정도가 아니라 표면이 암흑 속성을 띠게 된 것이었다.

[일심동체 시전.]

임프루의 몸으로 들어간 다음 초월적으로 강화된 스컬들에게 다가갔다.

[키메라 흡수.]

콰가가각!

초월적으로 강화된 스컬들이 재조립되어 내 키메라의 일부가 됐다. 나는 이제 날개와 팔을 4개씩 가진 10m짜리 괴물이 됐다.

비행이 가능하다. 강력하다. 게다가 본체가 1위에 도달한 유령체라 일심동체 기술에 능하다.

모두 완벽한 조건이자 조합이었다.

뫼비우스 초끈이 의도한 바가 무엇인지 깨닫게 됐다.

–크하하하하!

19층 1위를 단숨에 제압하고 곧장 19층 1위와 일심동체가 되어 신분상승하라는 것이었다.

왜 그 이상의 층을 제안하진 않았는지 모르겠다.

단지 이유가 있을 거란 건 확신했다.

–아주 잘 되었구나! 크하하하!

나도 다이너마이트를 발명한 층에서 잠깐 생각한 적이 있긴 했다. 매 번 1위가 되면 매우 강력해지는데, 그 상태로 위층에서 활약할 순 없을까.

매 번은 불가해도 바로 지금이 그런 기회인 듯 했다.

콰우우웅!

보랏빛 기운을 뿜어내며 힘을 모았다.

쾅!

그리곤 허공에서 폭발을 뿜으며 천장 구멍으로 솟아올랐다.

당연히 던전 시스템은 그걸 가만히 보고 있지 않았다.

[비상! 비상! 층을 이탈한 마물이 발각됨! 즉각 제거함!]

18층 전체가 급작스레 붉은 빛으로 물들었다.

허나 난 그대로 머물지 않았다.

수직으로 비행해 올라 18층의 천장 구멍을 통과했다. 어느새 난 19층에 도달해 있었다.

[비상! 비상! 층을 이탈한 마물이 발각됨! 즉각 제거함!]

이번에도 시스템이 경고를 해왔다.

던전 전체가 발칵 뒤집혔겠지.

적어도 지금까진 아무도 문제 삼지 않았기에 뼈 군주가 암력을 독식해오던 것이었다. 그런데 암력 순환이 다시금 시작됐다.

분명 치명적인 변화가 일어났을 것이다.

그것에 더해 층 이탈까지 벌어졌으니, 던전을 지키는 존재들은 혈안이 되어 날 추적할 것이었다.

-크롸! 어디 있는 것이냐!

19층은 머리통이 여러 개 달린 거대 바퀴벌레의 층이었다. 딱히 더 자세히 알고 싶은 생태계는 아니었다.

-크롸아아!

매섭게 날아다니며 보랏빛 화염을 뿜었다.

다행히 19층은 서열에 따라 어느 정도 구간이 나뉜 층이었다.

그래서 추적자가 나타나기 전에 1위를 찾아낼 수 있었다.

"키드드득! 네 놈은 뭐냐! 아래층에서 올라 온 벌레가 어디서 나대는 게야!"

1위가 허공에서 비행하는 날 보며 욕지거리를 내뱉었다. 그러면서 자신도 날개를 펼쳐 날아오르려 했다.

쾅!

허나 수백 개씩 달린 머리통 때문에 소용이 없었다. 너무 몸이 무거워 날지 못하는 것이었다.

-시간이 없다. 그냥 너는 몸뚱이나 내놔!

파각!

급히 하강해 19층 1위에게 보라색 강기가 맺힌 주먹을 내리찍었다. 그 덕분에 1위의 몸에 붙어있던 머리통 태반이 터졌다.

"끼예에에엑!"

-리더! 잘 좀 해봐!

-어서 저 날파리를 죽여 버리란 말야!

보아하니 19층 마물들은 여러 지성이 모여 사는 군집체 형식의 몸을 가진 듯 했다. 수없이 달린 머리통들이 각자 다른 말을 내뱉었다.

내 알 바 아니지.

"크뤠에에엑!"

비명을 지르는 1위를 마구잡이로 패주었다.

그 때문에 내 주위로는 계속해서 보랏빛 폭풍이 감돌았다. 19층 1위가 급히 독을 내뿜긴 했지만, 키메라 본체가 워낙 튼튼해 심각한 피해는 없었다.

  -복종하라!

  -크윽!

이것이 19층 마물들의 본격적인 무기인 듯 했다. 내 정신
에 수천 개의 목소리가 쏟아져 들어왔다.

  1위가 놀란 맘을 진정시키고 마침내 반격하기 시작한 것
이었다.

  -복종하라!

  -크아아악!

머리가 터져버릴 거 같았다.

  [일심동체 분리.]

사아아아.

나는 슬쩍 임프루의 육신으로부터 빠져나왔다.

  -키예에에엑!

때문에 미안하게도 고통 받게 된 것은 내가 아닌 임프루
였다.

  [죽음의 폭탄 시전.]

콰과과광!

임프루에게 한눈을 팔고 있는 1위를 향해 10연발의 암력
폭탄을 쏴 보냈다. 그 때문에 1위의 육신은 완전히 넝마가
되었다.

  "크뤠에에엑! 아래 층 마물에게 이리 굴욕을 당하다니!
그것도 최다집단지성인 이 몸이!"

나는 완전히 허술해진 놈의 기세를 읽어냈다.

그리곤 마지막 남은 암력을 끌어 모아 기술을 썼다. 조 단위의 암력은 17층 뼈 기둥에 묶어 놓고 상승했다.

[일심동체 시전.]

사아아아.

내 거대한 유령체 몸이 19층 1위에게 스며들었다. 나는 초조한 맘으로 결과를 기다렸다.

"크후우우우."

-넌 뭐야!

-왜 주인이 바뀐 거야!

-이게 어떻게 된 일이야! 정말 아래층 마물에게 당한 것 인가!

성공한 것 같다. 19층 1위의 몸을 차지하자, 몸에 가득 차 있던 지성들이 한꺼번에 내게 말을 걸어왔다.

같은 몸을 공유하는 사이라 차마 날 공격하진 않았다. 그 들에게 외쳐주었다.

-나는 곧바로 떠날 것이다. 너희들 중 아무나가 이 몸을 차지하도록!

[1인자 등극을 축하합니다. 20층으로 신분상승하시겠습 니까? 아니면 19층의 특혜를 누리며 안정적인 삶을 택하시 겠습니까?]

분명 현재 내 정확한 신분은 17층 마물이었다.

그럼에도 일심동체 기술의 미묘함 덕분에, 던전 시스템

은 날 19층 마물이라고 인지했다.

그것도 19층의 1위라고 말이다.

역시 수동적으로 처리되는 부분은 아닌 듯 했다.

"크루우우우!"

끝내 성공했다. 정말 파격적인 작전이 아닐 수 없었다. 미러 퀘스트 없이도 층을 생략할 수 있다니.

던전에 대해 정확히 아는 자만이 펼칠 수 있는 전략이었다. 물론 난 뫼비우스 초끈이 일러주어서 실행한 것이었다.

키메라 스컬에 관한 것도, 지금의 갑작스런 판단도 전부 심연의 목소리가 알려준 덕이었다.

19층 1위를 이길 줄 알았기에 제압해서 몸을 뺏으라고 했겠지.

[신분상승 선택.]

아직도 떨리는 가슴을 진정시키며 눈을 감았다.

17층은 매우 고된 층이었지만, 그 보상이 절대 작지 않았다.

신분상승 가속자

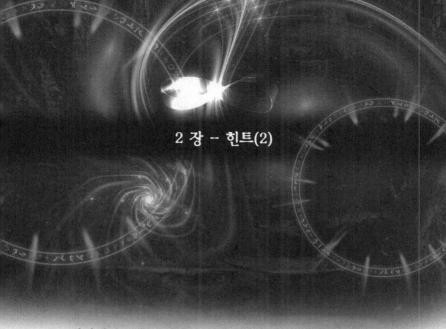

2 장 – 힌트(2)

심연에서 눈을 뜨자마자 목소리를 기다렸다.

이번에도 나는 말을 할 수 없었다.

그저 일방적으로 목소리의 말에 귀를 기울여야 했다. 그래도 그게 단순한 침묵보단 낫다.

[20층에서의 신분을 결정하기 위해 뫼비우스 주사위를 굴려주세요.]

초끈을 주사위에게 보내지 않고 기다렸다.

–아주 잘했다. 덕분에 탈옥할 수 있었어. 시간이 없으니 짧게 말해주겠다. 20층은 퍼즐의 층이야. 평생 미궁의 퍼즐을 풀어야 하고, 퍼즐을 푼만큼 서열이 오른다.

잠시 후 주홍빛이 번쩍이며 목소리가 들려왔다.

20층은 굉장히 까다로운 층처럼 들렸다.

-하지만 넌 퍼즐을 풀 필요가 없어. 내가 만든 지름길로 가면, 41층으로 상승하는 지름길이 나타날 것이다.

발언권이 없는 상태에서 난 침묵으로 비명을 질렀다.

미러 퀘스트가 아니라 지름길을 통해 무려 21층이나 상승할 수 있다고 한다.

대체 저 목소리의 정체가 무엇일까.

-41층으로 오면 나와 더 자주 통신할 수 있을 것이다. 그 때가 되면 제대로 설명해줄 수 있을 거야. 내가 누군지, 널 왜 돕는 지.

이제 뫼비우스 초끈은 그저 소통의 수단이었다. 그 자체로 의도를 띠는 줄 알았는데, 갇혀 있던 목소리와 이어주는 수단이었던 거 같다.

내가 느낀 의도성은 마찬가지로 심연의 목소리가 심어 놓은 것이었고.

내가 아래층에서 일으킨 혼란들은, 목소리를 가두고 있던 어떠한 구조를 방해했던 듯 했다.

그리고 이번에 암력을 던전에 순환시킨 게 결정적인 역할을 했을 테고.

-자! 이 문양을 똑똑히 기억해라! 그러면 머지않아 다시 나와 심연에서 만날지니!

꿋꿋이 뫼비우스 초끈의 퀘스트를 믿고 여기까지 왔다.

그리고 17층에서 절망하며 패배할 뻔 하다가, 끝내는 20층까지 한꺼번에 상승했다.

매 번 의심이 들지 않는 건 아니었지만, 이제 와서 지령을 거부할 수도 없는 노릇이었다.

－그럼 건투를 빈다.

주홍빛이 번쩍거리며 하나의 지도를 그려주었다. 나는 지도 곳곳에 퍼져 있는 별 표시를 유심히 지켜보았다.

짧은 순간이지만 선명하게 지도의 내용을 암기했다. 21층 상승이 걸려있는데, 디테일 하나도 놓칠 수 없었다.

초끈을 보내 뫼비우스 주사위를 굴렸다.

[당신이 20층에서 시작할 서열이 정해졌습니다. 당신은 20층에서 8만 9033위로 시작합니다.]

서열에 크게 신경을 쓰진 않았다.

20층은 그저 위로 가기 위한 지름길일 뿐이니.

20층에서 눈을 떴다. 슬슬 한기가 느껴지는 걸 보니 시간이 많지 않았다.

"꾸국."

20층 마물은 매우 단조롭고 독특한 육신을 가지고 있었다. 머리통 전체가 보호구를 쓴 눈알이었는데, 덕분에 시야가 360도 전 방향으로 뻗어 있었다.

"꾸국. 여간 어지러운 게 아니네."

마치 여러 장면을 한꺼번에 보는 기분이었다.

360도 시야는 결코 적응하기 쉬운 게 아니었다.

눈알과 하나 된 머리통 아래로는 곧장 긴 타조 다리 2개가 붙어 있었다.

그게 전부였다. 눈알을 굴려 360도를 한꺼번에 보는 것과 두 다리로 걷는 것.

심연의 목소리가 말한 대로 그저 퍼즐을 풀기 위한 마물임이 분명했다. 그 행위에서 무슨 의미가 있을까.

우웅.

타조 같은 하체를 움직여 발바닥을 내려다 보았다.

발바닥엔 기이한 문양이 새겨져 있었다.

트드득, 트륵!

그리고 사방엔 끊임없이 움직이는 퍼즐 덩어리 미로가 가득했다.

"꾸국. 뭔가 있긴 하네."

발바닥의 문양과 퍼즐이 교류하며 뭔가 상호 작용을 하나 보다. 그게 부분적으로 던전 관리에 기여할 테고.

내가 깊게 관여할 부분은 아니었다. 그저 나는 심연의 목소리가 그려준 지도를 따라갈 것이다.

나보고 퍼즐을 풀 필요가 없다고 했지.

어디까지 그 말을 적용시켜야 할까.

"꾸국."

일단 내가 어디 지점에 있는 것인 지부터 파악해야했다. 그래야 암기한 지도와 내 위치를 대조해 방향을 선정할 수 있었다.

"꾸구국."

그럼 아예 퍼즐을 안 푸는 것도 아니네.

그저 20층 생태계에 너무 심취하지 말라는 뜻이었던 거 같다. 아예 퍼즐 요소로부터 자유로울 순 없을 거 같았다.

그래도 20층 마물이면 지능이 부담스러울 정도로 고등하진 않을 거다.

그럼 머리가 깨질 정도로 어려운 퍼즐은 아니지 않을까. 물론 희망사항일 뿐이었다.

"꾸국."

틱, 틱.

주변에서 끊임없이 움직이는 퍼즐 구조를 관찰했다. 간단히 말하자면 움직이는 미궁의 벽들이었다.

단지 단순하게 움직이는 게 아니라 경계심이 들었다. 조각조각 분해됐다가 다시 합쳐지는 모양새였다.

반면 내가 서 있는 곳은 가만히 있어도 피해를 입지 않는 안전한 대지였다. 따듯한 기운이 감도는 것이, 나약한 육체가 어루만져지는 기분이었다.

틱, 틱.

규칙적으로 돌아가는 벽을 유심히 관찰했다.

"꾸국. 해보지 뭐."

특정 공간이 일정한 시간마다 열렸다 닫혔다. 간단히 말하면 그냥 열리는 순간 지나치면 됐다.

그런데 잘못하다 변형되는 벽에 걸리면 다리가 잘리거나 베일 수가 있었다.

"꾸국. 가만히 있기만 하기도 뭐하니."

슬쩍 다가가 움직이는 벽에 살짝 다리를 스쳤다.

사각!

"끄악!"

벽 조각 일부가 허벅지를 얇게 베고 지나갔다. 치명상은 아니었지만 피가 주륵 흘러내렸다.

사아아아.

"예상대로네!"

안전지대에 서 있자 부상이 회복됐다.

죽지만 않으면 이곳으로 돌아와 부상을 치료 받을 수 있나 보다. 이곳을 일단 지도의 별 지점이라 여겨야겠다.

"꾸국!"

온 몸에 확 한기가 스며 올라왔다.

때가 온 것이었다.

얼른 상체를 일으켜 몸을 웅크렸다.

온 몸의 관절이 아파올 거라 생각했다. 주로 활동한 17층은 철저히 뼈나 관절과 깊은 연관성을 지닌 층이었으니.

"음."

헌데 아무런 고통도 느껴지지 않았다.

시간 차인가 싶어 기다렸지만 별 일이 없었다. 그저 온 몸이 평화로울 정도로 멀쩡했다.

나는 스윽 몸을 펴고 눈을 떴다.

"크악!"

아니나 다를까, 밤의 잔상이 시작됐다.

의외로 뼈나 관절과 연관된 고통이 아니었다.

눈이 지끈 아파오며 과할 정도로 모든 광경이 선명하게 보였다. 빛이나 색채가 너무 강렬하고 섬세하게 눈에 파고 들어와 머리까지 지끈거렸다.

"후우!"

눈을 감자 고통이 뚝 멈췄다.

나쁘진 않네. 눈을 감으면 밤의 잔상을 잠시나마 멈출 수 있다.

"후우우우! 이제 끝났니!"

홀로 짜증스럽게 외치며 눈을 떴다.

"악!"

아직이었다.

"으. 언제까지 이러고 있어야 해!"

제법 오래 가는 듯 했다.

밤의 잔상은 정확한 규칙성이 없었다. 이번엔 마지막으로 존재했던 20층을 기준으로 잔상이 남은 듯 했다.

그 기괴한 360도 시야를 생각하면 전혀 무관한 잔상도 아니긴 했다.

"에휴!"

시간을 허비하기 싫어 손으로 집 곳곳을 짚었다. 그리곤 옷을 벗고 눈을 감은 채 샤워를 했다.

살짝 눈을 떠보니 밤의 잔상이 끝나있었다. 덕분에 무던하게 옷을 갈아입고 외출 준비를 끝마칠 수 있었다.

차를 몰고 곧장 올림푸스로 향했다.

"진석철 씨. 계속 작업할 겁니다. 애들 모아서 대기하세요. 진회장님은 올림푸스로 와주시고요."

ㅡ아이고, 회장님 소리를 다해주시고! 그래도 제 위치는 잊지 않겠습니다요.

"물론입니다."

진석철을 올림푸스로 불러 다음으로 칠 업소들을 브리핑 받았다.

그러다 문득 아구파라는 식구에게 눈길이 갔다.

아직 서열 정리가 안 돼서 머리가 셋이나 되는 조직이라고 했다. 그 저력이나 인원수는 꽤 됐지만, 나눠진 세 조각을 억지로 이어붙인 모양새라고 했다.

"저 아구파 말입니다. 제법 위험한 조직이라고 했죠?"

"그렇습니다. 평소엔 다른 외부 세력을 견제하느라 아주 똘똘 뭉쳐 있습니다. 근데 내부자들의 말을 들어보면, 자주 대가리끼리 으르렁거린다고 합니다. 그래도 항상 선을 지킨다죠. 통합 조직에 무리가 안 갈 만큼. 마피아를 지향한다던데!"

"음. 내부로는 나눠져 있어도, 하나로 뭉칠 때는 또 제대로 뭉친다 이거군요."

"그렇습니다! 그래서, 거의 나중에 칠 계획입니다. 흡수한 인원들을 소모하는 쪽으로 해서요."

"오늘은 저 쪽을 처리하도록 하죠. 그럼 크게 잡아먹는 거니, 앞으로의 계획에서도 유리하지 않겠습니까?"

"예? 하지만…… 숫자도 많고 업소도 상당히 여러 곳으로 나뉘어 있습니다. 한곳이라도 잘못 쳤다간 벌집처럼 몰려들 텐데."

진석철은 생각의 틀이 참 좁은 거 같았다.

한정된 갑질 능력 때문에, 사실 상 거의 일반인처럼 조폭 구도를 생각했다.

이해 못할 일은 아니지.

"진회장님. 이번에도 제가 나서겠습니다. 그리고 누가 처음부터 치라고 했나요. 서로 싸우게 만든 다음에 우두머리만 치면 되죠. 3조각이라면서요."

"아!"

내 말에 진석철이 자신의 입술을 톡톡 치며 감명 받은 표정을 지었다.

"그렇죠, 그렇고 말고요! 멍청하게 굴어서 죄송합니다. 항상 현실적으로만 계산하다 보니 우월하신 분들처럼 큰 그림을 잘 못 그립니다.”

“이해합니다. 아무리 의리 타령하는 조폭이라도 확신을 심어주면 어쩌지 못하겠죠?”

“물론입니다! 갑질 앞에 장사 없죠. 그냥 이간질과는 비교도 안 될 겁니다.”

“자, 그럼 다녀오겠습니다.”

“호, 혼자 가시는 겁니까?”

“인원들 전부 대기시켜 놓으세요. 혹시 모르니 그 고등학생들도. 이번엔 머리를 치는 겁니다. 전원 굴복 시키는 게 아니라.”

“예! 무슨 말씀인지 알겠습니다. 존경하는 사장님, 몸조심하십시오!”

진석철이 90도로 허리를 숙여 인사를 했다.

나는 그대로 올림푸스를 빠져나가 진석철이 지목한 곳으로 향했다. 아구파의 세 보스는 삼도깨비라 불리는 자들이었다.

나는 곧장 일번 도깨비에게로 향했다. 차에 탄 상태로 거울을 보니 서열이 훨씬 올라 있었다.

20층으로 올라 뫼비우스 숙련도가 향상된 덕인 듯 했다.

“너는 뭔데 함부로 들어오려 하냐.”

“나는 일번도깨비 식구에 들어온 신입이야. 그렇게 믿고 보스께 인사 좀 시켜 줘.”

내 말에 일번도깨비의 아지트를 지키던 문지기가 고개를

끄덕였다.

"따라와라, 막내야."

문지기를 따라 건물 안으로 들어갔다.

"야, 이 새끼야. 미쳤어? 문 안 지키고 뭐한다냐. 이 어린 놈의 새끼는 또 뭐여?"

아니나 다를까 문지기는 곧장 다른 조폭들에게 붙잡혔다. 나까지 의심을 받게 됐다.

"그냥 지나쳐."

"그러지."

당연히 문제될 건 없었다. 간단한 갑질이야 얼마든지 남발해도 됐다.

아직 펜던트에 갑질 포인트는 두둑했다. 모자라면 도예지에게 B급 틈새의 정수는 언제든 구할 수 있었다.

똑똑.

"누구냐!"

"행님! 신입을 인사시키러 왔습니다. 한 번 얼굴이라도 보시지요!"

문지기가 겁도 없이 일번도깨비의 문에 대고 말했다. 잠시 후 일번도깨비가 성난 목소리로 답했다.

"허따, 씨벌! 사람들이지 말라고 했는데. 내 허락도 없이 웬 신입이냐. 안 그래도 맥일 입도 많은데! 일단 들어와."

"너는 돌아가."

문지기를 돌려보내고 안으로 들어갔다. 놈이 길을 안내해줘서 한 번에 보스의 방에 도달할 수 있었다.

"어라. 넌 뭐냐. 진짜 신입 맞어? 이런 애송이를 뽑았다고야?"

일번도깨비는 나체의 직업여성과 앉아있었다. 급하게 속옷만 걸친 상태였다.

"거기 여자 분. 자세요."

내 말에 직업여성이 픽 고개를 떨어뜨렸다.

"뭐, 뭐여! 너 뭐야, 이 새끼야!"

"앉아. 목소리 낮춰."

내 말에 일번도깨비가 얌전하게 자리에 앉았다.

놈의 책상 장식대에 놓여 있는 사시미 칼을 집어 들었다.

"자, 일번도깨비야, 잘 들어라. 이번도깨비와 삼번도깨비는 너를 별 것도 아닌 변태 새끼로 알고 있어. 앞으로 업소를 다 뺏고 포주 노릇이나 시키려고 하는 거지. 내 말을 믿어."

내 말에 잠시 후 일번도깨비의 얼굴이 시뻘게졌다.

"뭐, 뭐여! 이런 쳐 죽일 새끼들! 나보다 인원도 적은 것들이!"

푹.

"크악!"

일번도깨비의 옆구리에 사시미 칼을 얕게 찔러 넣었다.

"자, 나는 이번도깨비랑 삼번도깨비가 보낸 암살자란다.

믿어. 내가 방문을 나가면 내 얼굴은 잊는다. 2분 동안은 소리 지르지 말고 앉아 있어라. 상처나 열심히 짓눌러. 그럼."

탁!

문을 닫고 나가 유유히 건물을 빠져나갔다.

"후!"

무조건 싸우라고 갑질하는 것보다 확실한 동기부여를 주는 게 나을 거 같았다. 그게 진정한 내부분열을 일으키는 데 적합했다.

"다음은 삼번."

삼번도깨비에게 향해 똑같은 작전을 펼쳤다. 토하는 약을 섞은 다음 독살 시도를 한 것이라 설득시켰다.

"이 정도면 되겠지."

올림푸스로 돌아와 무알콜 음료를 들이켰다.

기다리고 있던 진석철에게 말했다.

"이제 됐습니다. 이틀 내로 난리가 날 테니, 적절할 때 치고 들어가세요. 그 정도는 할 수 있죠?"

내 말에 진석철이 연신 고개를 끄덕였다.

"아유, 물론입니다! 애들 풀어서 철저히 동향을 살피겠습니다. 만약 아구파를 먼저 삼킬 수 있으면, 모든 일이 훨씬 수월해질 겁니다!"

흥분한 진석철과 그가 정리한 브리핑 노트를 번갈아 보았다.

"그러면, 그 뒤론 이 두 군데만 도와주면 되죠? 나머지는 떨거지 수준 같은데."

"아유, 예이! 물론입니다!"

진석철이 고개를 조아리며 간신 같은 모습을 드러냈다. 그렇게 비굴하게 굴 정도로 서울을 먹고 싶은 건가.

내 입장에선 딱히 이해가 되지 않았다.

조폭들의 위에 서 봤자 다 이익관계로 얽힐 뿐이었다. 진석철도 결국 돈 때문에 움직이는 건가.

아니면 전설이 되어 조폭들에게 동경을 받고 싶은 것이려나.

"에휴."

진석철을 보낸 뒤 올림푸스에 늘어져 앉았다.

생각한 것보다 너무 S대 컴퓨터 학과에 실망했다. 대단하다는 선배 하나가 그 정도로 명문대 일부를 망쳐 놓다니.

그래봤자—인데.

"안 되지. 안 돼."

한 번 고민해볼 것이다. 내 입맛대로 완전히 뒤집어 바꾸는 것을. 물론 그것이 과와 동기들을 위한 길이기도 하다.

일단 오늘 수업은 빠져야지.

여진이와 다른 과라는 게 참 다행이다.

띠리리리.

검은 스마트폰이 울렸다.

놀랍게도 남궁철곤이었다.

"이사님! 오랜만입니다!"

의외로 가장 먼저 든 감정은 반가움이었다. 이제 내 흥미를 자극할 만큼 대단한 사람이 몇 없어서일까.

-그간 잘 지켜보았네. 충실히 과제를 수행하고 있더군.

"감사합니다. 그렇게 보람되진 않네요."

-이해하네. 계획에 변동이 생겼어. 본사 지시야. 이제 도베르만을 충분히 키웠으니, 반대로 불독을 키울 차례네. 찰스를 멘토링 했던 회원들도 전부 그쪽에 붙을 거야. 원랜 인천 대 서울로 붙이려 했는데, 시간이 촉박해.

"예……? 무슨 말씀이신지요."

불안한 예감이 들었다.

남궁철곤은 철저히 그 예감을 확인시켜주겠지.

역시, 노블립스에겐 다 체스판일 뿐인 건가.

혼란스런 맘과 짜증나는 맘이 동시에 들었다.

기껏 서울을 장악하라고 해놓고, 이제 와서 서로 싸움을 붙이라니.

물론 전에 이유를 간략히 전해 듣긴 했다.

사회적 물의를 일으켜 새로운 필요와 가치를 창출한다나. 큰 트리 프로젝트의 작은 한 방향인 듯 했다.

그래도 그렇지. 아무리 조폭들이라도 사람인데 이렇게

대놓고 체스 말처럼 대하다니.

맘을 가다듬고 차분하게 남궁철곤에게 물었다.

"음. 불독이라뇨. 처음 듣는 사람입니다. 게다가 서울을 장악하라고 하셨습니다. 다른 사람을 키워 싸움을 붙이라고요?"

내 말에 남궁철곤이 잠시 한숨을 내쉬었다.

─좀 불편할 수도 있다는 것 이해하네. 나도 한국에서나 떵떵거리고 다니지, 본사에선 일개 장로 후보야. 조직의 뜻에 따를 수밖에 없지. 애해해 주게.

남궁철곤은 일방적으로 밀어붙이지 않았다.

그렇다고 물러서지도 않았다.

노블립스의 뜻이라 어쩔 수 없다고 말했다.

─불독은 도베르만처럼 우리가 거느리는 갑질 능력자야. 도베르만과는 또 다른 특징을 지니고 있지.

"음. 그런데요."

─도베르만은 숫자와 조직력으로, 불독은 자금과 해외 용병으로 강해진 구도가 될 거야. 둘이 맞붙으면서 다른 민간 태생이 피해를 입을 예정이지.

피해를 입을 예정이라고 했지만, 정확히 말하면 피해를 입히겠다는 것이었다.

악한 의도 그 자체로 약자나 무고한 자를 괴롭히겠다는 건 아니었다. 하지만 목적을 위해 수단으로써 피해를 주겠다는 것이었다.

결과만 놓고 보면 같은 행위였다.

"후. 모르겠네요. 조폭들 굴리는 거야 그렇다 쳐도, 민간인들까지 공격하게 하는 건……."

―자네가 죄책감을 느낀다면, 불독 건까지만 마무리 해. 나머지는 내가 처리하도록 하겠네.

"음."

그래봤자 외면이긴 했다.

그래도 이제 와서 조폭 전쟁 하나 막자고 갑자기 노블립스와 등을 돌리기도 애매모호했다.

"일단 알겠습니다. 근데 혹시 좀 더 여쭤 봐도 되겠습니까?"

―그래. 납득 되지 않는 점이 여럿 있겠지. 허락된 범위 안에선 알려주겠네.

"그 사회적 물의를 통해 뭔가를 성취하려는 거잖아요, 본사가. 그게 혹시 민간인의 안전에 대한 불안감 조성인가요."

―하하! 비슷하네. 자네는, 생각보다 놀고먹는 각성자들이 많다는 것만 말고 있으면 돼. 그 짐승들도 우리 정도 서열이면 고분고분하게 말을 듣지.

"각성자도 연루돼 있군요. 그런데 각성자들로 민간인을 보호하게 해서 뭐합니까?"

―잘 생각해보게. 그들이 민간인을 해치던 보호하던 우리에겐 크게 중요하지 않아! 중요한 건, 국가 시스템으로

헌터들을 통제할 제도가 생긴다는 거지. 그들을 사회로 초대하면서도, 동시에 덫을 놓는 거지.

"또 여러 계획이 맞물려 있군요. 조폭 건은 도입부에 불과하다는 생각이 듭니다만."

ー역시 총명하군. 자네는 큰 계획의 일부를 맡아줄 뿐이야.

"알겠습니다……. 그럼 지시하신 대로 움직이죠."

ー그래. 다음에 만날 땐 대학입학 선물을 주도록 하지. 학문의 대한 열정은 아닌 거 같고, 또래 사회에 대한 참여 의식 때문에 다니는 걸 테지?

남궁철곤은 약한 수위로나마 나를 감시하고 있었다. 전혀 놀라운 일은 아니었다.

어차피 도예지를 만날 땐 내가 반대로 그 이상의 만전을 기했다.

"그렇습니다."

ー하하! 알았네. 그럼.

남궁철곤이 먼저 전화를 끊었다. 나는 처음으로, 내 의지로 독한 양주를 글라스 잔에 따라서 쭉 들이켰다.

"이런 씨!"

나도 결국 체스판을 움직이는 중간 사이즈의 체스 말일 뿐이었다.

체스판이 여러 겹으로 겹쳐 있었다.

체스 판 안의 체스 판.

계획안의 계획.

대체 얼마나 큰 그림을 그리는 건지 모르겠다.

"대단도 하시네들."

단순하게 세력 장악이라고 하면 이해가 됐다. 그만큼 얻는 게 많아지니까.

그런데 그 세력 장악이 복잡한 계획의 한 도구일 뿐이라면, 그 때부턴 그 복잡한 계획이 궁금해진다. 신경이 쓰이게 된다.

헌데 내가 추측으로만 파악하기엔 너무 까마득한 규모와 복잡도였다.

"휴우우우!"

남궁철곤 때문에라도 어느 정도 장단은 맞춰야겠다.

띠링.

남궁철곤이 불독의 전화번호를 보냈다.

이제는 이놈을 키워서 진석철과 싸움을 붙여야 한다. 나머지는 남궁철곤이 처리한다고 했다.

서울 주먹 세력이 딱 절반으로 나뉘어 전쟁을 벌인다.

결코 사소한 일이 아니었다. 남궁철곤의 말대로, 의도한다면 얼마든지 사회에 피해를 끼칠 수 있었다.

—아. 잘 알겠지만, 불독은 올림푸스로 부르지 말고 내가 빌려준 별장으로 부르게. 진석철에게 들키면 일이 꼬일 테니.

당연한 말이었다.

내가 직접 키운 두 조폭 세력을 싸움 붙여야 하다니. 서울 전체 규모면 최소 몇 천대 몇 천이겠지.

게다가 한 번에 끝장을 보는 게 아닐 것이다. 승패는 중요하지 않으니. 몇 주 단위로 곳곳을 잃게 만들 것이다.

"여보세요. 불독입니까."

―아! 혹시 이사님께서 말씀하신 김준후 사장님?

"맞습니다. 주소를 보내드리죠. 그리로 오세요."

―예, 그러겠습니다!

진석철과 달리 씩씩한 기세가 가득한 자였다.

이 자도 실명이 있을 텐데 코드명을 불독이라고 해놓았다. 대놓고 진석철과 불독을 개라고 칭하는 것이다.

"하아! 참."

다음으론 윤말중, 김덕수, 조두호에게 차례대로 전화를 걸어 별장으로 불렀다.

저들이 불독 아래로 들어가면 과연 진석철 세력과 맞붙을 만 할 것이다.

인원수 자체로는 딸리지만 자금력에서 앞설 것이다. 그 외에도 조선족이나 동남아 용병을 고용할 수 있을 테다.

한국인 기반의 용역 구조 쪽은 당연히 진석철이 차지할 테고.

물론 표면적으론 한국 조폭끼리의 싸움이 될 것이다. 그래야 외국인들에게 비난의 화살이 쏠리지 않을 테니. 나라가 떠들썩해질 게 보인다.

"음."

별장으로 이동하며 씁쓸하게 웃었다.

문득 우리에 갇힌 투견들이 생각났다.

지금 경우엔 서울이 그 거대한 우리였고, 내가 고용된 개장수였다.

원래는 우리가 서울과 인천이었는데, 다른 계획과 맞물려 있는지 급하게 강해되는 듯 했다.

"하하!"

가능하다면 남궁철곤 위로 신분상승을 하고 싶었다. 노블립스의 일에 매료되어서가 아니라, 진상을 밝히고 싶어서.

형사처럼 역으로 파고 들어가다간 중간에 저지당할 거 같은 기분이었다. 반대로 내부 높은 곳에서 보면 모든 게 선명할 테였다.

"오셨습니까. 좋은 건물을 가지고 계시는군요! 모두 안에서 기다리고 있습니다."

"들어가죠."

불독이 별장 밖에 날 기다리고 있었다. 살집과 근육이 가득한 190cm짜리 거구였다.

얼굴은 어찌 보면 사납게 생겼고 어찌 보면 불독처럼 귀여운 편이었다. 얼굴에도 살이 가득해서 그런가 보다.

눈이 딱 조폭이란 말이 어울리게 부리부리하고 사나웠다. 이마에 흉터는 덤이었다.

"아이고, 김사장님 오셨습니다!"

"오랜만입네다. 그간 무탈하셨소. '

"히히! 오랜만에 뵙는군요. 섭섭합니다, 명함까지 드렸는데."

세 중년도 도착해서 날 기다리고 있었다.

한껏 술판을 벌어놓은 모습이었다.

"허따, 이리 좋은 곳을 혼자 쓰시는 겁니까. 애인도 갔다 쓰시고 허시제! 요새는 동남아 기지배들 말고 러시아 년들도 취급합니다. 확 땡기죠잉?"

"이사님이 빌려주신 별장입니다. 그러니 너무 어지르지 마세요."

"아이구! 그랬구마잉."

내 말에 세 중년이 얼른 떨어진 안주 부스러기를 치웠다. 하여간 남궁철곤이라면 납작 엎드리는 자들이다.

"다들 이사님께 지시 받으셨죠."

"네, 사장님. 사장님께서 심판을 봐주신다고요."

"불독은 어디까지 알고 있습니까?"

불독이 척 고개를 숙이며 보고를 했다.

"아따, 저도 욕심 없습니다. 이사님 계획에 적극 참여하는 것뿐이죠. 원래 시장 상인들 뜯어먹고 살던 논두렁 깡패였는데, 이사님께서 스카웃 해줘서 서울 물 마시고 삽니다."

"그래서 어디까지 아냐고요."

"아아. 그 진사장인가 하는 자와 큰 사이즈로 무예극 하나 찍으면 된다고 들었습니다. 아랫놈들은 격하게 굴리고, 주변에 똥 좀 싸고. 대신 서로는 건드리지 않기로 하는 걸로 압니다."

불독은 이미 큰 그림을 전달 받은 듯 했다. 그는 야망보다는 위 사람이 시키는 일을 우직하게 해내는 스타일이었다.

본인 말에 의하면.

적어도 부리는 데 귀찮지는 않겠다.

듣고 있는 표정들을 보니 당연히 세 중년도 상황 파악이 돼 있었다.

"그럼 진석철 씨는 모르고 있는 건가요."

"아유, 히히히. 석철 형님은 너무 서울 장악의 꿈에 젖어 있어서요."

"잠시라도 좋은 꿈꾸게 내버려두기로 했습네다. 어차피 다치게 하진 않을 거요."

"나중에 배신감이 클 텐데요."

"뭐, 별 수 있습니까. 저희보다 서열이 낮은데 나중 가서 숙이라면 숙여야지."

쭉 세 중년과 불독의 서열을 둘러보았다. 불독이 압도적으로 서열이 낮은 모습이었다. 그런데 과연 세 중년이 순순히 불독 밑으로 들어갈까.

진석철보다 아래인 자인데.

"이사님께 전달 받은 대로, 세 분이 불독 아래에서 움직일 겁니다. 바지사장이더라도, 불독이 앞에서 간판으로 움직일 거고요."

"아유, 히히. 물론이지요. 대신 김사장님이 부탁 좀 들어주십시오. 저희도 손해 보면서 참가하는 거니까."

"뭐라고요? 제가 왜요. 어차피 제게 이득 되는 일도 아닙니다."

역시나 세 중년들은 뭔가 거래를 제안하려 했다.

그냥 큼지막한 돈다발 좀 물려주면 되려나.

오히려 그 편이 편할 수도 있다.

먹인 게 있으면 다른 소리 할 때 매질을 할 수 있으니.

"이사님께 이미 허락도 받았습네다. 같은 회원끼리 그 정도는 해줄 수 있다고 하셨디요."

"히히. 저희들 셋의 부탁을 하나씩만 들어주시면 됩니다! 어차피 김사장님에겐 어려운 일도 아니고, 심판이신 분이 그 정돈 해주셔야죠. 이 일이 잘 되면 이사님께 가장 예쁨 받는 분이 되실 텐데!"

갑질로 확 복종시킬까 생각해봤다.

하지만 장기적으로 불만이 없게 하려면 들어주는 편이 좋을 거 같았다.

게다가 이미 남궁철곤이 승인한 사안이었다. 갑질로 무마시키면 나중에 문책을 당할 수도 있었다.

"후. 알겠습니다. 대신 전쟁 준비는 다 돼 갑니까? 받아만

먹고 일을 제대로 안 하면 곤란합니다."

내 말에 약쟁이 김덕수가 자신 있게 대답했다.

"아유, 히히. 저희야 평소 네트워크로 먹고 사는 사람들 아닙니까. 준비는 항상 돼 있죠! 용병 구입처도 든든히 알아봐 두었고요."

"요새는 구제 총까지 몇 개 돌아다닙네다. 머릿수가 딸리면 알게 모르게 불 뿜는 연장을 쓰면 됩니다. 정식 생산이 아니라 역추적도 힘들디요."

세 중년은 각 분야에서 전국구에 가까운 세력을 지니고 있었다.

진석철이 서울 태반을 먹어도 싸움이 될 거 같긴 했다.

또한, 진석철처럼 귀찮게 도와줄 필요가 없었다. 그런 면에서 보면 부탁을 들어주는 것도 나쁘진 않았다. 알아서 잘하는 노련한 뱀들이니.

"좋습니다. 그러면 하나씩 부탁을 들어드리도록 하죠. 그럼 군말 없이 이 일에 협조하는 겁니다. 알았죠? 다른 말을 하면 벌을 내릴 겁니다."

내 말에 세 중년이 만족하는 표정으로 고개를 끄덕였다.

같은 노블립스 소속이라는 게 이렇게 번거롭구나. 남궁철곤이 내게 그랬던 것처럼, 위 사람이 아래 사람을 돌봐야 할 때도 오니까.

"저기, 청부업자 조두호 씨부터 알아봐드리죠. 어떤 일을 도우면 됩니까."

내 말에 조두호가 혀를 내밀어 아랫입술을 핥았다. 웬만한 일은 자기가 처리할 수 있을 텐데, 대체 내게 뭘 부탁하려는 걸까.

하나 확실한 건, 서열이 부족해 갑질이 통하지 않는 게 문제일 것이다.

"제가 해외 쪽 청부를 맡고 있는 것이 있습네다. 현재 다 잡아놓고 요리는 해놓은 상태디요."

"요리라고 하면?"

"아! 업계 용어를 모르시디요. 그러니까, 고문을 해서 숨만 붙어 있는 상태입네다. 근데 간나 새끼가 도통 아가리를 열지 않지 뭡네까."

"아."

더러운 방법으로 정보를 뜯어내려는 중인 듯 했다. 꽤 높은 사람을 납치해 고문하는가 보다. 갑질을 사용하지 못하는 걸 보면 말이다.

"바로 가죠."

"알겠습네다. 역시 화끈하시군요."

"히히히. 저흰 여기서 기다리겠습니다!"

굳이 기다리며 시간을 허비할 이유가 없었다.

빨리 처리하고 나머지는 불독과 도베르만에게 맡겨야겠다.

곧 도예지와 작전 레이드를 돌아야 했다. 다른 일로 신경을 분산시키고 싶지 않았다.

"운전하세요. 그 쪽으로."

"아! 대포차가 있는 곳으로 먼저 가시디요. 갈아타고 가야 안전합네다. 공장 쪽에 붙들어 놔서리. 도로 타고 가는 중에 찍힐 수가 있디요."

"맘대로."

조두호가 운전하는 차를 타고 한참이나 이동했다. 끝내 대포차를 타고 도착한 곳은 시골 지역에 위치한 허름한 공장이었다.

내부 직원들을 지나쳐 깊숙한 곳에 위치한 방에 들어섰다.

"으."

시큼한 냄새가 코를 찔렀다. 피와 배설물이 뒤섞인 냄새였다.

방 안에는 중년 하나가 고개를 수그린 채 피 떡이 돼 있었다.

"누굽니까."

갑질로 물었다.

"서울 쪽 경찰입네다. 부장급이래나. 클린서울 프로젝트의 책임자라고 해서 잡아왔습네다."

미친놈들. 이제는 고위 경찰 간부까지 납치하는구나. 겁이 없는 자들 같다.

보나마나 아래 사람에게 갑질을 해 장기 출장 혹은 휴가 상태로 만들어놓았겠지.

먼저 조두호에게 쭉 설명을 해보라고 했다.

물론 갑질을 통해 중요한 부분을 빼먹지 말고 말하라고 신신당부했다. 노련한 뱀이었으니 교묘하게 자신에게 불리한 정보는 빼놓을 수도 있었다.

"고것이, 제가 굴리는 업장 몇이 털렸다지요. 뭐, 개털 몇 놈이 콩밥 먹는 거야 제가 신경 쓰지 않지요. 근데 점점, 수원이랑 충북 쪽 전체가 털리는 겁네다. 요거는 조직적이다! 바로 감이 왔죠."

"그래서 이 간부를 납치한 겁니까?"

"아휴, 그간 한참 조사나 밑작업이 들어 갔지요. 몇 달 전부터 말입네다! 그런데 제법 콧대가 단단하더이다. 비타민 박스에 5만원짜리를 잔뜩 채워도 움직이지 않더군요. 아랫놈 몇에게 갑질을 하긴 했는데, 해봤자 방해 공작 정도였습니다."

"이 간부에게 뭘 알아내고자 하는 겁니까."

"음. 간단합네다. 전국에서 활동하는 클린서울 프로젝트 관련 요원들의 완전한 목록."

"음. 근데 클린서울이란 말과 달리 경찰들이 전국구로 활동하나 보군요."

"그렇습네다. 고것이, 원래는 서울 범위의 작전이었습네다. 각종 인신매매나 청부 살인을 추적하는! 그런데 업소 몇에 새끼줄이 걸려 서리, 다른 지역까지 들통이 난 것이디요. 너무 크게 굴리다보면, 점조직 구조도 단점이 많아 서리."

"그래서 이 프로젝트에 추가 인원과 예산이 배치되고 전국구로 확장됐다? 각 지역 경찰청이 아주 돈독히 공조를 하고 있겠군요."

"그렇습네다. 그런데, 제법 골치가 아프디요. 보안도 철저할뿐더러, 각성한 공무원 몇이 날뛰지 뭡네까."

"음."

있을 법하다고 생각했다. 각성자 중에서 적은 봉급을 받더라도 나라를 섬기고자 하는 자가.

가장 높은 가능성으로, 원래 경찰을 천직으로 여기고 있다가 각성한 자가 더러 있을 테였다.

조직에선 두 팔 들어 환영했겠지.

"근데 책임자를 용케 잡아냈군요. 직급이나 서열이 꽤 높은데도. 물론 지휘부 중 하나일 뿐이겠지만."

조두호가 경찰 간부의 벗겨진 머리를 탁 손으로 후려쳤다.

"뭐, 노출되면 저희에겐 똑같은 고깃덩이일 뿐이디요. 요새 장비가 좋아서리. 이놈도 정보를 뽑아내고 갈아버릴 수가 있습네다. 뭐, 취향에 안 맞으시면 갑질을 해주셔서 돌려보내도 되고."

경찰 간부를 귀찮음 때문에 죽음으로 내몰고 싶진 않았다.

비록 노블립스에 들어와 있다지만, 난 내가 양심이 썩은 파렴치한은 아니라고 생각했다.

"죽이진 마십시오. 돌려보내면 경고가 될 겁니다. 실체가 없는 조직의 경고 정도로 생각하겠죠. 높은 자들이 몸을 사리느라, 잠시라도 경찰의 동태가 소극적으로 변할 수도 있고!"

"아, 그리 하는 것도 괜찮을 거 같습네다. 어차피 머릿속에 있는 단서들은 다 지우면 되니. 그 뒤엔 감투 쓴 고깃덩이일 뿐이디요!"

조두호는 장기밀매나 인신매매 사업을 자주해서 그런지, 걸핏하면 사람을 고깃덩이에 묘사했다.

거슬린다.

"음. 그럼 심문을 해주면 되지요?"

"야아. 그렇습네다."

"천천히 다녀오세요. 냄새가 심해서 좀 심란하네요. 비위도 상하고. 생각을 정리할 시간이 필요합니다. 이런 더러운 곳까지 오니 심경이 복잡해서요."

"아유, 그렇겠디요. 넉넉한 분이 이런 험한 꼴을 봐서리. 이사님이 나중엔 다 하신 고생을 알아주실 겁네다!"

교묘하게 갑질을 섞어 넣었다.

아마 조두호는 느긋하게 종이와 펜을 찾다가 담배 한두 개피를 태우고 돌아올 것이다.

자기도 모르게 시간을 때우다 돌아오고 싶다고 느낄 테지.

어차피 누가 봐도 급한 상황은 아니었다.

내가 온 이상 심문은 인터뷰만큼이나 수월할 것이다.

탁!

문이 닫히자 조용히 경찰 간부에게 물었다.

당연히 서열은 내가 위였다.

뫼비우스 숙련도와 각성 등급이 올라서인지, 이제 나는 서울 내에서 200위권 안에 드는 사람이었다.

"여기가 어딘지, 왜 잡혀왔는지 압니까. 클린서울 프로젝트에 관해 말해보세요."

내 갑질에 경찰 간부가 죽어가는 목소리로 대답했다.

"모릅니다. 클린서울 프로젝트에서 추적하는 조직인 거 같습니다. 대규모 범죄 소탕 작전인데, 파란 지붕에서 지원해줘서 힘껏 밀어붙이고 있습니다, 쿨럭!"

정말 나라 단위로 벌이는 범죄 소탕 작전인 거 같다.

시작이 클린서울 프로젝트라, 확장 후에도 통칭으로 클린서울 프로젝트라 불리나 보다.

분명 서울경찰청이 리드하는 역할을 맡고 있겠지.

"프로젝트의 정확한 목적이 뭡니까?"

"파악되지 않은 신흥 조직 완전 추적 후 괴멸. 그 뒤의 목적은 공권력의 화려한 실적으로 여당의 무리수 몇 개를 가리는 거지요. 동시에 여러 조직의 이미지 개선도 하고요."

"음, 복잡하게 얽혀있군요. 각성자들도 참여합니까?"

"그렇습니다. 비밀 요원으로 활동합니다. 정보는 안전하게 전부 폐기해두었습니다."

경찰 간부는 파르르 떨리는 눈으로 대답하는 중이었다.

심한 고문을 견뎌낼 걸 보면 꽤 청렴결백한 사람 같았다. 심지가 곧고. 그래서 순순히 다 말하고 있는 자신이 매우 놀라운 듯 했다.

"활동하는 요원이 전체 얼마나 됩니까?"

"대대적으로 돌리고 있습니다. 관련 업무 외 현장 요원만 따져도 300명이 넘습니다."

그렇게 엄청난 숫자는 아니긴 했다.

전국을 담당하기엔.

하지만 지원과 지역 경찰의 협조 등을 생각하면 경찰입장에선 크게 투자하는 것일 테다.

"곧 제가 클린서울 프로젝트에 대해서 다시 물을 겁니다. 그 때 지금 규모의 3분의 1 정도만 말을 하고, 각성자들에 관해선 노출시키지 마세요."

내 갑질에 대비한 갑질을 펼쳤다.

이제 조두호가 돌아온 뒤 심문을 하더라도 경찰 간부는 모든 걸 말하지 않을 것이다.

내가 굳이 조두호의 네트워크를 보호해줄 이유가 없었다. 덩달아 위험한 범죄자들이 다량으로 잡히면 나로써도 나쁘지 않은 결과였다.

서울의 조폭 전쟁이야 누가 이기든 상관없었고.

"아, 그리고. 이 일에 관해 믿고 연락할 수 있는 실무자의 연락처와 이름을 대세요. 당신이 가장 신뢰하는 사람으로."

"으으......."

경찰 간부는 괴로워하면서도 핵심 실무자의 이름을 댔다.

놀랍게도 과장급 검사 신동재라고 했다.

검찰청 특수부 소속이라고 했다.

"사법부와도 연관돼 있군요?"

내가 구체적으로 묻지 않았으면 드러나지 않았을 정보였다.

"진짜 크게 굴린다니까요. 한꺼번에 잡아넣으면, 그만큼 빨리 바코드 찍어서 진열대에 넣어야죠. 이 건으로 스타 여럿이 배출될 겁니다. 다 여당에서 예뻐하는 인물들이죠."

"당신도 포함일 테고요."

"물론입니다. 그런 식으로 위로부터 줄이 연결되는 거죠. 흠!"

어차피 어느 정도의 정치는 연루될 수밖에 없었다. 자체적으로나, 실제 정치판으로나.

맘에 드는 건, 큰 규모로 협력해 한국의 썩은 부위를 정화시키려 한다는 것이었다.

"후."

원래는 노블립스가 이런 일을 해야 하지 않나.

되레 품어서 싸움이나 붙이려 하다니.

검사 신동재라. 다음에 한 번 연락해봐야겠다.

탁!

"죄송합네다. 귀한 분 모셔놓고 농땡이를 쳤습네다. 처리할 일이 있어서리."

"이해합니다. 그럼 시작하죠. 더 이상 이곳에 있기가 싫네요."

"그러시디요. 다른 사장들도 기다릴 테니."

"자, 클린서울 프로젝트 관련해서 전국에서 활동하는 현장 요원들 이름을 읊으세요."

조두호가 2G 폰의 녹음 기능을 켠 다음 종이에 이름을 적기 시작했다.

경찰 간부는 꼼짝없이 50명에 가까운 이름을 댔다. 남은 인원은 기억을 못하는 듯 했다.

다행히 내가 전에 한 갑질 덕분에 알고 있는 전부를 실토하진 않았다.

아마 머리가 터질 듯이 혼란스럽겠지.

마무리로 기억을 지워주었다.

다른 말론 목숨을 연명시켜 준 것이었다.

"하. 이렇게나 많다니! 요러니 맥을 추리지 못하고 계속 꼬리가 잡히는 거지. 게다가 말 못한 놈들까지 다하면 100명이라니! 씨바랄 것들!"

"많은 겁니까?"

내 물음에 조두호가 절망스런 표정으로 고개를 끄덕였다.

"그렇습네다. 형사 셋만 붙어도 웬만한 조직은 몸을 움츠립네다. 그냥 순경들만 모아놓은 게 아닐 텐데 골 백명이라니!"

조두호가 쌍욕을 하며 가래침을 뱉었다.

실제는 그 3배였다. 당장 돈보단 명예가 중요한 권력자들이 벌이는 일다웠다.

사실 돈이야, 기업을 통해서도 얼마든지 확보할 수 있겠지.

"에휴."

"사실 말입네다, 이번 일을 돕는 것도 잠깐이나마 경찰을 마비시키기 위해서입네다. 당장 서울에서 깍두기들이 연장 들고 설치는데, 적어도 서울 인원이라도 동원이 되지 않겠습네까?"

"음. 예."

아이러니했다. 진석철은 옛날에 우연으로 트리 프로젝트에 대해 들었다고 한다.

반면 조두호와 불독 쪽 사장들은 당장의 큰 그림만 알고 있었다. 두 그림을 모두 보고 있는 건 심판 역할인 나뿐이었다.

적어도 이번 작전에 직접 연루된 사람 중엔 말이다.

"가죠."

"예, 냄새 참느라 수고 많으셨디요."

던전에서 겪는 감각에 비하면 사실 무난한 냄새긴 했다. 그저 갑질을 섞어 넣는 핑계일 뿐이었다.

다시 내 차로 돌아간 다음 별장으로 향했다.

"사장님 도움 되시라고 알려드립네다. 요새는 CCTV 걸쳐 가는 루트도 중요하디요. 그래서 일부로 특정 길은 대포차로, 이 길은 사장님 차로 가는 겁니다."

"그렇군요."

어차피 나는 감시당하는 것에 익숙해서 그리 큰 감흥은 없었다.

조두호처럼 한 번 잡힌다고 쉽게 추락할 입장도 아니었고. 애초에 난 내 정체성을 범죄자라 생각하지 않았다.

별장에 돌아가 약쟁이 김덕수를 가리켰다.

"다음은 당신 차례입니다."

"이야! 히히히! 벌써 조사장 일을 끝냈습니까? 역시 서열에 갑질이 제일이라니까!"

김덕수가 까불거리며 나를 따라 나왔다.

귀찮음이 가득한 표정으로 물었다.

"당신 부탁도 대포차 갈아타고 이동해야하는 종류입니까?"

"아유, 아닙니다. 깡 시골이라 CCTV 루트가 뚝뚝 끊겨서 상관없어요."

"운전하세요."

내 말에 김덕수가 배시시 웃으며 떨리는 손을 들어보였다.

"그, 그것이. 이히히! 제가 표정은 멀쩡해보여도 거의 항상 약에 취해있거든요. 내성이 세서 그나마 다행이지."

"아휴. 타세요."

"실례하겠습니다. 히히!"

한숨을 내쉬며 내가 운전대를 잡았다. 운전까지 해줘야 하다니. 영 내키지가 않았다.

김덕수는 전혀 외진 곳에 네비게이션을 찍었다.

손이 떨려 잘못 짚은 건가 싶어 물었다.

"여기 맞습니까?"

"네! 판자촌이라 지도엔 뜨지 않습니다. 히히."

김덕수는 아예 정식으로 등록되지도 않은 곳에서 업장을 돌리는 듯 했다.

가는 길에 문득 궁금해져 물었다.

"근데 마약업자들은 오히려 자신은 약에 손 안 대는 걸로 알았는데요. 벌은 돈을 오래오래 써먹으려고."

"아아! 히히. 주로 그렇죠. 근데 전 인생 굵고 짧은 거라고 생각하거든요. 게다가 최고급만 대우해서 문제없습니다. 밤마다 관장하면서 뒤처리도 깔끔하게 하고요. 아, 당연히 제가 유통하는 것과 따로 구매해서 빠는 건 다른 종류입니다."

내가 알지 못하는 노하우들이 여럿 있는 듯 했다. 더 알고 싶진 않았다.

"후우."

정말 질이 다른 거 같긴 하다.

S대학에 있을 땐 끽 해봐야 센 척하는 선배들이 다였는데. 노블립스 쪽으로 일할 땐 조폭은 기본이고, 고문에 마약질까지.

문득 이런 생각이 들었다.

다른 건 몰라도 범죄에 대해선 노블립스와 동의하지 않는다고.

당연히 남궁철곤 말처럼 영구적으로 뿌리를 뽑을 순 없었다. 하지만 잡초를 뽑듯, 최대한 자정 작용은 해주어야하지 않을까.

"도착했습니다! 이히히. 수고 많으셨어요."

김덕수가 까불거리며 판자촌으로 뛰어 들어갔다.

판자촌은 떡대 몇이 촌스러운 옷을 입은 채 지키고 있었다.

문득 김덕수가 아이러니하게 대단한 뱀이라 느꼈다. 약에 쩔은 상태에, 저렇게 허술한 모습에도 항상 쌩쌩 머리가 돌아갔다.

오히려 약 덕분이려나.

"여기입니다, 여기!"

김덕수가 가리키는 곳으로 걸어갔다.

떡대들은 미리 지시를 받았는지 내가 지나치자 스윽 고개를 숙였다.

"에헥, 에헥."

"콜록, 콜록!"

김덕수에게 가며 판자촌 내부를 스윽 들여다보았다.

알몸에 앞치마만 입은 여자와 어린이들이 무표정하게 가루를 작업하고 있었다.

입에는 누런 싸구려 마스크를 쓴 모습이었다.

"퉤."

기분이 더러워져 땅에 침을 뱉었다.

어린 아이까지 납치해 작업부로 쓰다니, 저런 미친 새끼.

이제는 화가 나려고 한다. 차라리 다 큰 성인들끼리 조폭이랍시고 치고 박는 게 나아 보였다.

중년 3인방을 보고 있노라면 웃기게도 진석철이 얌전해 보일 정도였다. 사람 장사에 애들까지.

"아유, 느리게도 걸어오시네! 약 때문에 그런가, 저는 모든 길이 비단 길로 보입니다용!"

김덕수에게 슬쩍 어깨동무를 걸었다.

"서울 전쟁 건 끝나면, 전국의 어린 아이들 다 풀어주세요. 어떠한 손해를 감소하더라도. 그리고 다시는 어린 애들을 끌어다 쓰지 마세요. 명령입니다. 아, 방금 1분간은 약에 취해서 기억이 안 나는 걸로. 알았지?"

"음."

김덕수가 잠시 고개를 숙였다 들었다.

그리곤 다시 사악하게 킬킬거렸다.

김덕수는 한참 웃더니 얼굴을 스윽 손바닥으로 쓸었다. 그의 얼굴 근육 곳곳이 꿈틀거리는 게 보였다.

"왜 그래요. 뭐 이상한 환상이라도 봤습니까."

"그러게 말입니다, 킬킬. 이상한 걸 본 건 아니고, 묘한 경험을 했어요."

"뭡니까."

"마치 잠시 시간을 건너 뛴 듯한! 전에도 약 때문에 이런 적이 있긴 했지요."

김덕수가 실실 웃으며 날 올려다봤다.

"아, 저한테 갑질해서 기억 지우신 건 아니죠?"

김덕수의 정수리를 슬쩍 흘겨봤다.

확실히 나보다 아래 서열이었다.

"아주 재미있어 죽겠네요. 김덕수 씨가 뭐 쓸모 있다고 굳이 갑질까지. 제가 약이 필요했으면 돈을 주고 샀겠죠."

"으히히. 그러네. 그래. 아! 혹시 말 없는 노예가 필요하면 말하십시오. 여기 판자촌에 있는 작업부들은 전부 제가 철저히 훈련한 재원들이니. 농담이었으니 방금 말은 너무 신경 쓰지 마시고요."

사실 김덕수가 눈치 챘건 못 챘건 크게 상관은 없었다.

감히 보복할 생각조차 못 하겠지.

내가 지워진 시간동안 뭘 했는지 알아낼 방법도 없었고.

보통 사람은 갑질을 한 후 기억을 지워버리면 그만이었다. 하지만 갑질 능력자들의 경우 기억의 부재가 있으면 금세 눈치 챌 가능성이 있었다.

아예 내가 그 지워진 시간대에 연루되지 않아야 안전했다.

다행히 김덕수는 약쟁이였다. 머릿속에 온갖 부작용이 터져도 이상하지 않을.

"그래, 뭘 부탁하고픈 겁니까."

"아유. 성미도 급하셔라. 그래, 보여드리죠!"

끼이익.

김덕수가 허름한 건물 안의 쇠문을 열었다.

사람을 감금하기 위한 곳인 듯 다른 판자촌과 달리 구조가 제법 튼튼했다.

"히이익! 그만!"

김덕수를 보고 구석에 웅크려 있던 남자가 비명을 질렀다.

분명 김덕수보단 서열이 높은 자였다. 무슨 연유로 저런 신세가 되었을까.

"설명해 보세요. 멍청하게 시간 그만 끌고."

김덕수에게 갑질을 했다.

그러자 김덕수가 과장되게 차렷 자세를 하며 말했다. 갑질을 당하는 중에서도 까불거리는구나.

아마 찰스에게 가장 큰 영향을 끼친 건 김덕수일 것이다. 멘토가 이따위였으니 찰스같은 괴물이 생겨났지.

"옛! 히히! 저 새끼가 제약회사에서 잘 나가는 연구원인데, 제가 알아내고 싶은 약의 공식이 있거든요. 아, 글쎄. 분명 저 놈이 개발에 참여했을 텐데 공식을 모른다네요. 지금 유통되는 약효를 배로 늘릴 수 있을 텐데."

"근데 직접 제조까지 합니까?"

"아유. 영업 비밀인데. 히히."

"말하세요."

"동남아에 동업자가 있습니다. 갑질로 충성심을 극으로 끌어올린! 그 녀석에게 공식을 넘기면 정말 대박 상품을 만들 수가 있습니다. 많은 사람이 행복해지는 거죠!"

김덕수가 이마에 터지는 듯한 손동작을 해보였다.

정말 내키지 않는 부탁이구나.

내 갑질로 인해 한국에 더 심각한 마약이 돌게 된다니.

정말 꺼려지면 얼마든지 상황을 내 맘대로 유도할 수 있었다. 일단은 심문을 해보아야지.

"근데 상태가 왜 저럽니까? 팬 건 아닌 거 같은데."

"으! 으히히. 그것이…… 저도 멋지게 진실만 말하는 약을 만들어보려고 했습니다. 물론, 그냥 아무 약이나 막 투여했지만."

"그러다 죽으면요?"

"그 정도로 무리하진 않았습니다."

"어휴."

구석에 웅크려 발작하는 사내에게 명령했다.

"진정하세요."

"흐으읏! 흐으!"

내 말에 사내가 흐느끼며 마침내 발작 같은 몸짓을 멈췄다. 몸 상태는 어쩔 수 없어도 정신 상태는 진정시킬 수 있었다.

"알고 싶어 하는 공식이?"

"파로이곤탐페타루민 합성 공식이지요."

"저 약품을 합성하는 공식을 압니까?"

"모, 모릅니다! 진짜에요! 진짜 좀 믿어달라고. 저 악마 같은 새끼! 그냥 재미있어서 괴롭히는 거지!"

"어라."

사내의 대답에 김덕수가 곤란하다는 표정을 지었다. 그러면서 괴이한 눈길로 나를 쳐다봤다.

"설마 제약회사 직원보다 서열이 낮으신 건 아니죠?"

따귀를 날리고 싶었지만 일단 참았다.

"자, 일어나세요. 앉으세요."

내 말에 사내가 후들거리며 일어났다 앉았다.

나는 갑질로 사내의 기억을 지워주었다.

김덕수라면 당연하게 사내를 약물 과복용으로 독사시킬 것이었다.

"해독시켜서 돌려보내세요. 명령입니다. 해독이 안 되면 최대한 중화라도 하거나."

"히히히! 고귀하기도 하셔라!"

내 말에 김덕수가 고개를 끄덕였다.

나는 그를 내버려두고 자동차에 올랐다.

토악질이 올라오는 것 같았지만, 꾹 참았다.

서울 전쟁이 끝나면 김덕수는 전국의 어린 아이들을 풀어줄 것이다. 한껏 이슈가 되겠지.

그 일로 인해 김덕수가 역추적을 당해 붙잡힌다 해도 어차피 인과응보였다.

"후우우!"

아직도 윤말중의 부탁이 남아있었다. 그의 부탁을 들어주고 나면 거의 저녁 시간이 될 듯 했다.

정신이 찌드는 기분이었지만, 참고 오늘 안에 다 마무리하기로 했다.

그렇게만 하면 서울 전쟁 준비가 끝났다.

남은 큰 두 식구는 알아서 불독과 도베르만이 장악하게 내버려두어야지.

이젠 알게 됐다.

어차피 누가 이겨도 상관없다는 것을.

차라리 단순하게 서울을 장악할 때가 맘은 더 편했다. 다 같이 한편이 되고나면, 한동안 잠잠할 거라 생각했으니.

"아이구, 고생이 많으십니다! 식사하시지요, 사장님!"

불독이 충직하게 밖에서 기다리다 날 맞았다.

왜 남궁철곤이 진석철의 대항마로 키우려했는지 알겠다. 경험은 적어도 정말 개처럼 충직하게 말을 잘 들었다.

최소한 이제까지 본 모습을 보면 말이다.

"그래요. 식사라도 합시다."

"어유, 오셨습니까! 조사장님이 생생하게 말해주었습니다. 김사장님이 얼마나 활약하셨는지."

"아, 예. 조용히 식사하고 싶군요."

"많이 피곤하신가 봅네다."

"별로 업장들이 즐거운 광경은 아니잖아요."

"하긴. 덕수 사장이 아새끼들 데려다 작업하는 업소 광경이 좀 기괴하긴 하디요. 저도 그까진 아닌데."

"자자. 드십시오, 사장님. 저희가 직접 가서 주변에서 사온 백숙입니다! 제 부탁은 훨씬 즐거우실 겁니다. 일단 업소 자체가, 남자라면 즐거울 수밖에 없는 곳이거든요. 흐흐흐흐!"

중년 둘의 말을 무시하고 조용히 식사를 했다.

입맛이 상해서 그런지 백숙 한 마리를 다 먹지 못했다.

원래라면, 초인인지라 10인분까지도 먹을 수가 있었다. 그래도 과식이 아니었다.

"후. 윤말중 씨. 슬슬 가죠."

"아이구우우. 우리 사장님도 남자시네! 화려한 구경할 생각에 식사도 제대로 못하시고. 걱정 마십시오. 이렇게 도와주시는데, 구경으로 끝나지 않을 겁니다. 제가 제대로 대접하죠!"

윤말중은 자신 있다는 표정으로 말했다.

난 일어서며 손을 털털 흔들었다.

"필요 없습니다. 여자 친구 있어요."

"에에이. 그러면 더더욱 원하실 텐데."

"아닙니다."

내 자동차 앞으로 이동했다. 그리곤 짜증 어린 표정으로 윤말중에게 물었다.

"설마 운전 못하는 건 아니죠?"

"아유, 무슨 그런 섭한 말씀을! 당연히 제가 모셔야죠."

윤말중이 얼른 운전대를 잡았다. 내 표정을 보고 어느 정도 눈치를 챈 것이었다.

"흠흠."

한동안 조용히 운전하던 윤말중이 근질거렸는지 또 다시 입을 열었다.

"저어, 사장님. 정말 즐거운 시간 보내드리게 하려고 그럽니다. 장난치는 게 아니라요! 그러니까 편하게 한 번 취향을 말씀해보십시오. 이사님이나 다른 사장들에게도 절대 비밀로 하겠습니다. 못 믿으시겠다면 갑질로 비밀 엄수를 명령하셔도 됩니다."

윤말중은 어떻게든 내게 여자를 붙이려 했다.

그 속내가 뻔했다.

발길을 잦게 해서 나와 어떻게든 물꼬를 터보겠다는 거지.

나는 정말 여진이밖에 없다. 단순히 한 사람을 알아가고 이해하는 것만 해도 상당히 어려운 일이었다.

내 경우, 갑질까지 해서 여진이와의 인연을 이어왔다. 그러니 다른 데 눈 돌릴 여유가 어디있겠는가.

"음."

그러다 애초에 윤말중 같은 자는 우선순위가 다르다는 생각을 했다. 그에겐 한 여자를 좋아하고 여러 여자를 좋아하는 게 관건이 아니었다.

그저 동물적 욕구를 미친 듯이 다수의 여자에게 풀어헤치는 게 윤말중의 습성인 듯 했다.

"아유, 말씀해 보셔요. 예? 아무리 더럽고 추악해도 괜찮습니다."

"됐습니다. 여러 번 말하게 하지 마세요."

윤말중은 끈질겼다. 마치 나도 자신과 동류라는 걸 확인하고 싶어 하는 거 같았다.

아니라는 걸 보여주고 싶어 내버려두었다.

"아! 설마 남자를 좋아하는? 그것도 준비가 가능한데."

"아뇨."

"그, 그럼 건강이."

"멀쩡합니다. 여자 친구가 있어서 그런 거니 그만 좀 캐물으세요. 제가 평소에 돈이 없어서 업소에 안 갔겠습니까?"

"아휴."

내 말에 윤말중이 이해할 수 없다는 듯 물었다.

"그럼 진짜 여자 친구로 만족한다는 말이세요? 허! 뭐, 진짜 사랑하시는 건가. 그런 달달한 게 존재하긴 한당가!"

"예. 제발 운전에만 집중하세요. 갑질 당하기 싫으면."

"진심으로 이해가 안 돼서 그럽니다. 사랑이라는 것도 결국 호르몬 장난일 텐데. 게다가 김사장님 같은 분이면, 첩들을 막 거느려도 될 텐데 그렇게 지고지순하게 한 여자만 만나다니! 놀랍습니다."

"비꼬는 겁니까?"

갑질로 물었다.

"아닙니다. 진짜 놀랐습니다."

윤말중은 진심이었다.

내가 진중하게 한 사람만 만나는 게 그렇게나 대단하고 느끼는 것이다. 그의 상식에선 능력 없는 자들이나 일편단심으로 연애하는 것이라 여기나 보다.

"에휴. 말을 말아야죠."

"근데 말이죠. 저희 업소는 좀 다릅니다. 아까 말씀 드렸듯이 아주 범위가 넓거든요. 비싼 여대생 데려다가 잔뜩 마진 떼이고, 인권 운운하면서 모시고 그런 곳이 아닙니다."

그럼 대체 어떤 곳이란 말인가.

마치 보통 성매매 업소는 양반이라는 냥 말하고 있었다.

"저희는 완전히 상품화 된 여자들을 취급합니다! 가보시면 알 겁니다. 흐흐흐흐."

좋지 않은 예감이 들었다.

이번에도 확 기분이 나빠질 거 같았다.

끝내 윤말중의 업소에 도착했다. 겉으로 보면 깔끔한 건물처럼 보였지, 결코 퇴폐 업소로 보이진 않았다.

"흠."

게다가 윤말중의 업소밖엔 제법 고급스런 차량들이 주차돼 있었다.

초인의 시력으로 안을 들여다보니 저마다 기사가 대기 중이었다.

윤말중 말대로 훨씬 음침한 업소인가 보군.

"흐흐. 가시지요. 보시면 생각이 달라지실 겁니다. 스펙과 다르게 순진하시네. 뭐, 처음부터 센 걸로 시작하는 것도 나쁘지 않죠."

윤말중을 따라 큰 건물 안으로 들어갔다.

건물 내부는 가구업장의 모습을 하고 있었다.

묘하게도 건물 외부엔 어떠한 곳도 가구업장이란 표시를 하지 않았다.

그것에 더해 가구업장은 제대로 영업이 이루어지지 않고 있었다.

그저 검은 양복을 입은 사내들이 곳곳에 앉아 있었다. 피곤한 기색을 하고서.

"자자, 손님 모셔왔다. 빈 방 있냐?"

"예. 13번 방 비었습니다."

"옳지."

윤말중이 부하의 급소를 툭 치고 지나갔다. 부하는 얼굴을 찌푸리며 고개를 숙였다.

"자아, 제 부탁 들어주시기 전에 한 번 보시지요. 보시면 생각이 달라질 거라니까!"

윤말중이 13번방을 열었다. 그러자 온갖 기구와 약물이 비치된 널찍한 방이 나타났다.

방 중앙엔 링거를 꼽고 있는 나체의 백인 여성이 있었다.

눈이 반쯤 풀린 것이, 강제로 약을 투여당하고 있었다. 그도 그럴 것이 발목에는 긴 사슬과 연결된 족쇄가 채워져 있었다.

"자아, 이 구간은 보안 상 CCTV 구역이고. 여기 커튼을 치시면 완전히 사생활 공간이 됩니다! 1시간 쯤 드릴까? 아니면 넉넉하게?"

윤말중이 강렬한 눈빛을 보내며 말했다.

너도 남자 아니냐—는 무언의 도전이었다.

나는 시큰둥한 표정으로 말했다.

"싫습니다. 이제 업소 체험은 그만 권하세요. 명령입니다."

일부러 갑질 티를 내며 갑질을 했다.

윤말중이 믿을 수 없다는 표정으로 입을 다물었다.

나도 건장한 남자라 자극을 받긴 했다. 하지만 그것에 반해 정신적 반감이 훨씬 더 강렬했다.

마치 뭔가 대단한 유혹을 이겨낸 기분이다.

아이러니하게 절대 여진이에게 자랑할 수 없는 그런 승리였다.

"후우우우."

"알겠습니다. 제가 졌습니다. 그럼 부탁이나 들어주시죠."

빈정 상한 표정으로 윤말중이 날 VIP룸으로 이끌었다.

안으로 들어가니 역시나 나체의 여성이 앉아있었다. 허나 다른 여자들과 달리 눈에는 독기가 어려 있었고, 윤말중이 다가오자 앞발을 차며 반항을 했다.

"어라. 연예인 아닙니까?"

자세히 보니 익숙한 얼굴이었다.

"이야! 아시네! 저번에 사고 쳐서 바닥으로 떨어진 B급 여배우입니다. 조연을 많이 했죠."

"그런데 왜 여기에……?"

"높은 분이 원하시거든요. 그것도 아주 멀쩡한 정신에, 고분고분한 상태로. 취향이 까다로우셔서. 저보고 길들이라는데, 이 년이 꽁 쳐놓은 재산이 좀 많아야죠. 원래 좀 사나 봐. 서열이 좀 딸리네?"

"허."

윤말중이 척 손을 여성에게 향했다. 저 여자를 납치하게 위해 얼마나 치밀하게 계획했을까.

나는 미간을 확 찌푸렸다.

하루 종일 참아온 스트레스가 한꺼번에 폭발했다.

그것도 아주 고요하게.

나는 스윽 윤말중을 쳐다보았다. 놈이 흠칫하는 게 보였다.

"제자리에 정지. 입 닫으세요."

윤말중은 내게 성폭행의 도구가 되라고 하고 있었다. 부탁이건 의뢰건 명칭은 중요하지 않았다.

김덕수와 조두호의 부탁은, 결과적으로 두 명의 무고한 사람을 살리게 된 계기였다. 여러 가지 정보도 얻게 됐고.

하지만 이건 그대로 여성 하나의 삶을 망치는 길이었다.

게다가 와 보니 성매매 업소가 아니었다.

"여자들 다 납치해서 데려온 거죠? 저 정도 대우를 누가 자처해서 받습니까."

윤말중에게 갑질을 퍼부었다.

"당연하죠. 평생 벌어도 못 갚을 빚으로 족쇄를 채운 년들입니다."

"이런 업소가 전국에 몇이나 되죠? 외국에도 있습니까, 설마?"

"전국에 7개입니다. 수완이 좋아서 중국에도 10개 정도 확장했습니다."

"하아, 아주. 가관이네!"

여진이 생각을 하자 화가 치밀어 올랐다. 여진이를 만나며 여성을 배려하고 아끼는 법을 더더욱 배웠다.

윤말중의 말은 정확했다.

이곳은 그냥 성매매 업소가 아니라, 아예 여성을 상품화한 곳이었다. 그것도 강제로.

"후."

윤말중을 쳐다보았다.

살기를 느꼈는지 놈이 부들부들 떨었다.

그냥 죽일까. 어차피 찰스보다 심했으면 심했지 덜하진 않을 거 같았다.

대놓고 제거하면 남궁철곤이 눈치 채겠지. 이번 건은 찰스 때처럼 대놓고 처리하기 힘들겠다.

-도예지 씨. 급하게 F급 틈새 하나만 알려주세요. 아주 외진 곳으로.

조두호가 자랑처럼 알려준 수법이었다. 사람 청소를 들키지 않는 가장 좋은 방법은 영원한 실종 처리라고.

덜덜 떠는 윤말중에게 명령했다.

놈도 지금쯤 상황 파악이 됐을 거다.

"네가 서울 전쟁에 기여하려던 점이 뭐였지?"

"제가 주로 자금을 대기로 했죠. 손님 중에 높은 분들이 있어서 고급 정보도 빼돌리고. 경찰이 미리 잠복하는 곳에선 안 싸우는 게 좋지 않겠습니까?"

역시나 이 업소의 VIP 중엔 고위 공직자도 있었다.

"중국 포함, 네가 가진 업소들의 현금을 전부 모아. 그리고 불독의 계좌로 쏴라. 명령이야. 그리고 정리가 끝나면 넌 내가 지명한 주소로 이동해. 그곳에 가면 공간이 갈라진 틈새라는 게 존재할 거다. 그 안에 걸어들어 가. 남궁철곤에겐 미리 발정이 나서 동남아에 놀러간다고 전해. 일방적으로 통보한 뒤 즉각 전화기를 버려! 아, 그리고, 납치한 여자는 죄다 풀어줘."

"알겠습니다."

"이 모든 명령은 익명으로 1111이란 문자가 오면 실행하도록 한다."

내 말에 윤말중이 분노에 가득 찬 표정으로 이를 악 물었다.

방금 내가 말 몇 마디로 그의 인생을 망쳐버린 걸 깨달은 것이었다.

그럼에도 거부하거나 반격할 방법은 없었다.

애초에 날 이곳에 불러들여 폭발시킨 건 그였다. 내게 이 광경을 보게 한 거 자체가 이미 자처해서 끝을 초래하는 짓이었다.

"옷을 벗어."

내 말에 윤말중이 옷을 벗었다.

흉측한 광경이었지만 꾹 참았다.

"자, 너는 방금 발정이 나서 저 연예인에게 달려들었다 앞발을 맞고 창피하게 기절한 거야. 또한, 내가 이 방에 들어와서 한 얘기를 기억하지 못할 거야, 알았지?"

기억하지 못하는 것과, 전에 내린 갑질을 문자로 발동하는 건 다른 개념이었다. 문자는 시동어일 뿐이었다.

진석철이 전에 알려준, 잠재의식에 명령을 심는 기술과 비슷한 맥락이었다.

"나는 13번방에서 재미난 시간을 보낸 거로 기억하도록! 자, 이제 잠들어라."

"음."

윤말중이 나체 상태에서 스르륵 무너져 잠에 들었다.

여자 연예인에게 다가갔다.

"잠시만 참아요. 어차피 험한 꼴은 안 당할 겁니다. 방금 5분간의 일을 잊으세요."

그리 말하고 유유히 VIP룸을 빠져나왔다. 그리곤 13번방으로 가 옷을 벗고 나체 여성 옆에 누웠다.

썩 내키지 않아서 속옷은 다시 입었다. 그리곤 천장을 보며 윤말중을 기다렸다.

"으으."

옆에 있는 백인 여성은 약에 취해서 내가 옆에 누운 지도 모르고 있었다.

왜 윤말중과 김덕수가 끈끈한 파트너인 줄 알겠다. 서로 주고받는 게 분명하니까.

그래서 이 방에 저토록 온갖 도구들이 있는 거구나.

"에휴!"

이런 세상은 모르고 살아도 괜찮았을 텐데.

여진이와 풋풋한 데이트만 하며 살았어도 충분했을 텐데.

남궁철곤이 아니었다면 진즉 난 가디언즈를 도와 노블립스를 무너뜨렸을 거다. 사실, 오늘 일로 남궁철곤에 대한 호감이 많이 꺾였다.

살인마들을 모아놓고 정신 개조를 하면 뭐하는가. 몇몇 사람들만 개과천선하면 뭐하는가.

정상인인 척 하는 세 중년들은 멀쩡히 내버려 두는데.

찰스는 개선 가능성을 위해 내버려두었다고 생각했다. 그런데 이제 보니 그냥 노블립스 회원이라 내버려둔 것이었다.

조직에서 원하는 것만 해내면, 나머지는 일체 참견을 하지 않았다. 얼마나 지독하든, 사악하든.

"마땅히 누리는 것."

그게 남궁철곤이 한 말이었다.

본격적으로 생각이 정리되기 시작했다.

내가 생각한 마땅히 누리는 것은 그저 두둑한 통장 잔고와 좋은 집, 물건 정도였다.

이런 게 아니라.

"후."

끼익.

"으으. 김사장님, 여기 계십니까?"

한동안 기다리자 윤말중이 문을 열고 들어왔다.

"급히 찾느라 노크 없이 들어왔습니다. 결례를 용서하십시오."

"아닙니다. 덕분에 즐거운 시간 보냈어요."

윤말중은 머리가 아픈 듯 표정이 안 좋았다. 그러다 내가 여자 옆에 누운 모습을 보곤 희열 어린 표정을 지었다.

"역시! 김준후 사장님도 남자였어! 큭하하하하!"

왜 그리 반가워하는 걸까.

나도 같은 동류라는 게 그리 반갑나.

다른 사장들도 그렇지만, 유독 윤말중은 문제가 많아보였다.

"그만 가죠. 부탁을 들어드렸잖습니까."

"그랬나요."

"예. 근데 윤말중 씨가 발정 나는 바람에 저는 시간 때우려고 이 방에 온 겁니다. 귀빈을 위한 상품이라더니, 정말 거치시던데요. 보고 있기가 민망했습니다."

슬쩍 갑질을 섞어 말했다. 그 덕분에 윤말중은 내가 자기 부탁을 들어줬다고 생각했다.

어차피 그 귀빈에게 여자 연예인을 선보일 기회도 없을 것이다.

내가 문자만 보내면 잠재의식에 박아놓은 갑질이 활성화될 테니.

"아유, 그러셨구나. 수고 많으셨습니다. 다음에 또 오실 거죠?"

"다음엔 다른 여자로."

"아유, 킥킥! 물론이죠. 도구를 거의 안 쓰셨네?"

윤말중이 의아하단 듯이 물었다.

"초보라서요. 아시다시피."

"아유, 키히히! 그러니까 자주 오세요. 오늘은 쑥스럽게 즐기셨나 보네."

윤말중과 함께 업소를 빠져나왔다. 그리곤 차를 타고 별장으로 돌아갔다.

이제야 세 중년의 부탁을 모두 넘겼다.

윤말중은 강제로 불독을 돕게 될 것이다. 나머지 사장들도 약속대로 불독을 돕겠지.

이제 내 일은 끝이다.

"후우우우!"

웬만한 솔로 레이드보다 훨씬 벅찬 하루였다.

별장에 도착하자 조두호가 김덕수와 술판을 벌이고 있었다. 약까지 펼쳐놓고 즐기는 모습이었다.

조두호는 약을 하지 않고 술만 마시고 있었다.

"다녀오셨습니까. 히히히. 두 분 얼굴이 좋은 걸 보니! 이거, 이거!"

"으아아, 그래! 김사장님이 끝내 내 손을 들어주셨다 이거야. 남자시던데?"

"으하하! 내 그럴 줄 알았어! 섭섭합니다, 김사장님. 가루보단 여자라 이겁니까?"

"당연하지! 다 너처럼 콧구멍에 가루 넣는 게 제일인 게 아니야!"

"이러언! 킬히히히!"

김덕수와 윤말중이 신이 나서 웃었다.

나도 잔을 들며 픽 웃었다.

웃는 이유는 정반대였다.

저 놈 둘 다, 각기 다른 지점에서 갑질이 활성화될 것이다.

김덕수는 사업에 치명타를 입을 것이고, 윤말중은 그대로 인생이 끝날 것이다.

"음."

술을 들이킨 뒤 묵묵히 세 중년을 바라보았다.

불독은 군인이라도 된 것처럼 묵직하게 제자리를 지키고 있었다. 허락 없이는 술도 마시지 않았다.

반면 세 중년은 광기 어리게 웃고 떠들며 술판을 즐겼다.

"우하하! 이런 간나 새끼를 봤나!"

심지어 무게를 잡던 조두호도 어느새 말이 많아진 모습이었다. 온갖 사투리와 트로트를 뿜어내며 몸을 덩실거리는 모습이었다.

"흐음."

중년들의 모습을 보며 문득 기이한 생각이 들었다.

저렇게 천진난만하게 웃는 세 중년들이, 태어날 때부터 저리 악하진 않았을 거다.

남궁철곤은 살인마들의 심리를 파헤쳤었지.

나는 문득 저 세 명이 궁금해졌다. 대체 어떻게 하면, 갑질 능력이란 대단한 선물을 가지고도 저렇게 타락할까.

오히려, 갑질 능력 때문이려나.

갑질 능력은 오로지 아래 서열에게만 통하는 요소였다. 그러니 정상적인 사회에선 파괴적인 효과를 내기가 힘들었다.

반면 범죄로 성장하면 어느 정도는 서열을 올리기가 수월했다. 운동 경기도 반칙을 하면 이기기가 더 쉬우니까 말이다.

"음. 불독."

"예에, 사장님!"

불독에게 수표로 500만원을 쥐어주었다.

"오늘 사이코 사장들 셋 모시느라 수고 많았다. 제법 점잖네."

"아닙니다! 모시게 돼서 영광입니다!"

"애들은 많이 모았나?"

"예! 사정이 딱한 친구들이 많습니다! 그런 놈들을 거둬서, 숫자 불리는 건 일도 아닙니다! 공고나 중졸 출신이 대부분이긴 합니다. 고향 친구도 더러 있고."

"그렇구나. 그만 퇴근해라. 그 돈으로 가서 놀아."

"아, 하지만 사장님들 술자리 뒤를 보조해야⋯⋯."

"내 말대로 해."

갑질로 불독을 별장에서 쫓아냈다. 녀석은 내가 준 돈을 쓰느라 오늘 안엔 별장에 돌아오지 않을 것이다.

조두호, 윤말중, 김덕수를 차례대로 쳐다봤다.

쨍그랑!

다음엔 양주 병 하나를 바닥에 던져 깼다.

"셋 다 저를 보세요."

나한테는 잘된 일이다.

셋 다 미친 듯이 취해서 토하고 먹고를 반복하고 있었다. 오로지 조두호만 약에 취하지 않은 모습이었다.

그래도 조두호 역시 양주를 2병이나 비워 몸을 간신히 겨누는 수준이었다.

"셋 다 자리에 계속 앉아 있어라. 입 다물고 내 물음에만 대답한다."

세 중년이 흐리멍텅한 눈으로 날 봤다. 워낙 눈을 천천히 감아서 얼핏 보면 조는 것처럼 보였다.

"너부터. 조두호, 너는 왜 청부업자 일을 하는 거지. 원해서 하는 건가?"

본격적으로 세 중년에게 갑질을 퍼붓기 시작했다.

이번엔 순수한 호기심 때문이었다.

"씨버얼. 누가 이딴 일을 원해서 합네까. 나도 초반엔 칼 써서 사람 담그는 심부름을 했디요. 바닥부터 시작했어! 빵에 들어갔다 나오니 여전히 그 일 뿐이더이다."

"아무리 신분이 변변찮아도, 정직하게 돈을 버는 방법이 있었을 텐데? 공장 같은 곳도 있잖아."

"차라리 칼질하는 게 낫디요! 온갖 무시와 멸시 받아가며 약자로 살갔습네까? 눈 딱 감으면 목돈을 만질 수 있는데. 게다가 빵 나오니 알겠더라고. 내가 직접 고생하는 것보단, 시키는 게 편하오."

"좋아서 한 일은 아니고, 먹고 살려고 한 것이다?"

"그렇소! 씨, 나도 피 냄새 싫어한다고야!"

뻔 한 대답이라 딱히 감흥은 없다.

부족한 환경과 모자란 의지. 결국 가난하고 약하기보단 난폭하고 악하겠다는 것이었다.

첫 번째 의뢰를 승낙하고 실행한 게 계기가 된 듯 했다.

"너, 김덕수는 왜 하고 많은 것 중 약이지? 마진율이 좋아서 그런가. 속사정을 말해 봐."

"이히히! 그게 말이지요. 제가 원래 신경성 장애가 있어서 약을 달고 살았습니다. 안 그러면 작은 자극에도 엄청난 고통을 받거든요! 한 번 약을 끊어봤는데…… 어우. 결정했죠, 그래서! 길고 가늘게 보단 짧고 굵게 살자고. 그래서 즐거움을 선택하기로 했습니다."

약에 친숙해진 계기에 대해선 이해가 갔다. 하지만 그 뒤는 앞뒤가 맞지 않아 괴변처럼 들렸다.

약으로 충분히 장애를 극복할 수 있었는데, 그것이 불만이라 더 강렬한 쾌락을 추구했다는 것이다.

완전히 자기 스스로 만든 합리화를 믿는 거 같았다.

"윤말중. 너는 왜 그냥 성매매도 아니고 그런 극적인 사업을 하는 거지? 너도 속사정을 말해 봐."

내가 속사정을 말하라고 한 이상 자신이 생각하는 진짜 답을 내놓아야 했다.

하지만 인격이 성숙해서 진짜 답을 안다는 보장은 없었다.

"이야, 제가 유럽 여행을 갔는데 말이지요! 그 쪽 친구가 대단한 걸 보여줬어요. 제 업소 같은 구조였습니다. 헝가리였나? 흐흐흐! 나도 해보자고 마음먹은 겁니다."

윤말중은 특히나 여자를 성적인 대상으로만 생각했다.

욕구 자체는 이해가 되도, 그 정신적 기반은 이해가 되지 않았다.

"왜 한 여자랑 사랑할 수 없다고 확신하지? 대답해봐."

"이익! 그야! 다 외모와 돈만 보는 잡것들이니까! 내가 못생기고 가난했을 때 누가 날 거들떠나 봐줬나? 앙?"

윤말중이 울부짖으며 말했다.

대략 그림이 그려졌다.

"후. 다들 가관이구나. 내가 병을 깬 이후의 일을 모두 잊는다, 실시! 전부 자도록."

세 중년을 재우고 별장을 빠져나왔다. 검은 스마트폰의 특수 기능으로 익명 문자를 넣었다.

-1111.

추가로 도예지가 보내준 주소도 문자로 보냈다. 술에서 깬 새벽, 윤말중은 조용히 계좌들을 처리하고 내가 지정한 틈새로 이동할 것이다.

세 중년을 다시 보는 일이 없었으면 좋겠다.

❖

차에 타서 여진이에게 전화를 걸었다.

어떻게든 더러워진 정신을 정화하고 싶었다.

인간이 하나둘 타락하는 것에 타협하기 시작하면, 어디까지 추락할 수 있는지 오늘 똑똑히 보았다.

세 중년은 저들만의 사연이 있었다. 하지만 간략히 들어봐도 분명 다른 선택을 할 수 있었다.

노블립스가 시켜서가 아니라, 그들이 원해서 그런 길을 밟은 것이었다. 노블립스와 연루된 건 그 이후였고.

안 그래도 꼬인 정신에, 노블립스가 부여하는 우월의식까지 덧씌워져 더 심해진 거 같다.

"여진아아."

—어유, 자기! 안 자고 뭐해요?

"그냥 일 좀 보느라 바빴어. 혹시 바빠?"

—아니이. 장학금 받은 덕분에 요새 널널해. 과제 하다가 집중 안 돼서 드라마 보고 있었엉!

여진이가 애교 섞인 말투로 말했다.

신호였다.

나는 갑자기 맘이 다시 따뜻해지는 걸 느꼈다.

"치맥 사갈까?"

-응! 빨리 와아.

기다렸다는 듯 여진이가 흔쾌히 대답했다.

"으하하! 빨리 갈게!"

-안전 운전하구우! 너무 빨리 와도 쫓아낼 거야.

"아, 여부가 있겠습니까요!"

대단한 여자다. 그냥 집에 초대하는 걸로 날 이렇게 신나게 만들 수 있다니.

세 중년 따위는 잊어버려야겠다.

분명 남궁철곤은 오늘 일까지 해주면 나머지는 자신이 처리하겠다고 했다.

서울전쟁은 벌어질 것이다.

누가 이길지는 몰랐다.

그건 중요하지 않았다. 나는 이제 손을 뗄 것이다. 분명 과제를 해냈으니, 다음번엔 좀 더 가치 있는 일을 내려주길 바랄 뿐이다.

아니라면, 무례를 무릅쓰고 한 마디 할 것이다.

"후우우!"

여진이에게 향하며 기쁜 맘에만 집중했다.

남궁철곤의 별장에서 멀어질수록 맘이 가벼워졌다.

"아."

그러고 보니 별장 지하엔 정신 치료소가 있었다. 남궁철 곤이 개인적으로 관리하는 곳이라고 했지. 비밀 공간으로 분리되어 있어서 그런지 별장에 있는 내내 직접적으로 인지하지 못했다.

비밀 공간에서 일하는 무표정한 여자들도 철저히 훈련을 받았는지, 위에서 시끄럽게 구는 데도 전혀 티를 내지 않았다.

"허."

그 무표정한 여자들은 평생 살인마들을 지하에서 관리하는 걸까.

그것도 그거대로 참 끔찍한 삶이다. 아무리 원래 극악무도한 범죄자 출신이었다고 해도 말이다.

"음."

다시 돌아가 지하로 가볼까 생각했다.

그러다 말기로 했다. 세 중년의 면상을 또 보기도 싫었고, 지하를 보고 난 뒤 정신이 흔들리지 않을 자신도 없었다.

"여진이. 여진이랑 놀아야겠다!"

무슨 맛 치킨을 살까 생각하며 여진에게 향했다.

일부로 신나는 음악을 크게 틀고 어깨를 들썩거렸다.

이제야 멀쩡히 사는 거 같네.

여진이와 즐거운 시간을 보낸 뒤 자취방으로 돌아왔다.

"햐. 여우야, 여우!"

드라마 보며 느긋한 척 하더니, 여진이는 날 여간 보고 싶어한 게 아니었다. 초대해놓고 그녀는 내게 새로운 세계를 보여주었다.

그래. 평생 그녀면 족하다.

그녀는 정말 대단한 여자다.

"으하하!"

여진이가 전해준 기쁨은 세 중년이 전해준 역겨움을 깡그리 짓누를 정도로 강렬했다.

잠에 들기 전 도예지에게 전화를 넣었다.

"예, 도예지 씨. 통화 괜찮으신가요."

―아, 네.

"저번에 말한 레이드 언제쯤 괜찮을까요. 제가 밤에는 절대적으로 활동이 힘들고, 낮이라 해도 미리 일정을 잡아야 해서요."

―아, 그렇군요. 적절한 틈새를 선정하는 중입니다. 철저하게 작전을 짜야 해서. 계획이 잡히면 바로 연락드릴게요.

"알겠습니다. 몸 조심하세요."

―김준후 씨도요.

털컥.

전화가 끊겼다.

정말 사무적이고 차가운 여자였다. 우리 여진이처럼 살가운 건 바라지도 않는다.

서로 목숨 걸고 가디언즈의 비밀을 파는데, 안부 정도는 주고받을 수 있는 거 아닌가.

"에이."

뒤로 드러누워 눈을 감았다.

밤에서도 범상치 않은 변화가 일어나고 있었다.

뫼비우스 초끈의 주인과 소통이 시작됐다.

제한적으로나마.

올라갈수록 더 잦아지고 더 분명해질 것이다. 그러면서 미칠 듯이 신분상승하는 속도가 가속될 것이다.

"흐!"

더 강렬해질 쾌락에 미소가 지어졌다.

그러다 문득 두려워졌다.

내가 어느새 그 심연의 목소리에게 길들여진 게 아닐까. 낮도 밤도, 모두 뫼비우스 초끈 때문에 완전히 뒤바뀌어버렸다.

혹시라도 내가 뫼비우스 초끈을 더 이상 따르지 않기로 결정하면, 그 땐 독립할 수 있을까.

"음."

어느 정도 염두에 둔 채 행동해야겠다.

내가 원하는 것은 자유로운 강함과 만족이지, 정체도

모르는 존재의 화려하고 강렬한 노예 역할이 아니었다.

❖

다시 퍼즐의 20층에서 눈을 떴다.

전에 눈을 감은 곳에서 그대로 눈을 떴다. 이런 적은 없었는데.

원래는 항상 눈을 뜨는 위치가 무작위였다.

심연의 목소리는 20층이 퍼즐을 푼 만큼의 서열을 부여한다고 했다.

그렇다면 각 마물들이 어디까지 퍼즐을 풀었는 지가 중요할 테다.

그런 원리로 보면 위치가 저장된 것도 이상한 건 아니겠지. 애초에 던전 시스템만 봐도 이곳은 단순한 건축물이 아니었다.

"꾸국."

잠시간 360도 시야에 익숙해졌다.

그리곤 타조 같은 두 다리를 움직이기 시작했다.

"꾸국. 보자."

전에 암기한 지도를 다시 상기했다.

다행히 머릿속에 선명히 각인돼 있었다. 그리 복잡한 편도 아닐뿐더러 21층 상승이 걸려 있었다.

잊는다면 그만큼 간절하지 않다고 봐도 될 정도겠지.

"꾸국. 저것부터 통과해볼까."

머리통만한 눈알 덕분에 시야만큼은 넓었다.

애석하게도 미궁 자체의 조명이 그리 밝지 않았다. 그래서 바로 앞 구간까지만 시야가 닿았다.

철컥, 철커덕!

분리됐다 해체되며 움직이는 주변의 벽을 살폈다. 분명 틈이 열릴 때 슬쩍 지나가면 그만이었다.

하지만 문제는 그 다음이었다.

곧장 또 다른 함정이 나오면 순발력 있게 대처하지 못할 가능성이 높았다.

"꾸국. 뭐 방법이 없을까."

한참 고민하고 있는데, 퀘스트가 주어졌다.

역시 보고 있는 거구나.

하긴. 애초에 내 안에 뫼비우스 초끈이 심어져 있는 것이니.

[퀘스트: 비전 스트레치〈Vision Strech〉를 사용하라. 보상: 쉼터 텔레포트 능력.]

"꾸구국! 좋은데!"

이건 대놓고 도와주는 것이었다. 기존의 능력을 알려줌과 동시에, 퀘스트 완료 시 매우 유용한 보상을 내려주겠다고 했다.

아마 주변에 다른 마물들이 없어서 그럴 것이다.

애초에 이번 층은 제대로 공략해야하는 층도 아니었고.

중요한 건 지름길에 들어서는 것이다. 이제 와서 심연의 목소리가 날 위험에 빠뜨릴 거 같진 않았다.

[비전 스트레치.]

꽈드드득.

"끄엑!"

이질적인 고통에 잠깐 비명을 질렀다. 눈알이 급격히 한 곳으로 시야를 집중하며 한껏 조여졌다.

그러자 어둑한 벽 너머의 공간이 보였다.

움직이는 벽 너머에는 가시가 돋친 빙판이 펼쳐져 있었다.

"꾸국."

미끄러지지 않고 그 건너편의 안전지대까지 이동해야했다.

"끄아."

[비전 스트레치 해제.]

[퀘스트 완료! 이제 쉼터 텔레포트를 사용할 수 있게 됩니다.]

[쉼터 텔레포트 – 위기의 순간 마력을 이용해 쉼터로 공간이동을 할 수 있습니다. 즉사의 경우 통하지 않으며, 1시간마다 사용 가능합니다.]

능력을 풀자 다시 시야가 360도로 펼쳐졌다.

그러면서 잔뜩 당기던 눈알이 편안한 상태로 되돌아왔다.

[2성 각성.]

콰드드득.

다리가 길어지며 근육이 더 많아졌다. 그게 각성의 전부였다. 눈알의 시력이 더 오르거나 하진 않았다.

"꾸구국!"

기합을 넣으며 움직이는 벽 너머로 몸을 날렸다.

서걱!

다행히 무사히 움직이는 벽 조각의 날을 피해냈다. 다음은 곧장 미끄러운 빙판 길이었다.

"꾸구구국!"

조마조마하게 다리를 놀리며 빙판 길을 지나쳤다. 내내 발바닥이 뜨겁게 달아오르는 게 느껴졌다.

고통스럽지는 않았다.

발바닥이 던전과 상호 작용을 한다는 걸 알 수 있었다. 이번엔 단편적으로 그 기능을 추측하기가 힘들었다.

"꾸국!"

끝내 가시들을 요리조리 피해 빙판길의 끝에 도착했다.

지도의 별을 쉼터라고 가정할 때, 이제 나는 2개의 별을 지나쳤다. 거의 직선으로 연결된 관계였다.

몇 개만 더 찾으면 20층에서 내가 어느 지점에 있는지 알 수 있을 거다.

그럼 결과적으로 심연의 목소리가 알려준 지름길로 향할 수 있겠지.

"꾸국!"

다음은 어지럽게 위아래로 넘실거리는 길이었다. 게다가 길 중간 중간에는 불을 뿜으며 느릿하게 길을 지나치는 유령들이 존재했다.

닿으면 필시 죽을 것 같았다.

"꾸국."

한동안 화마들이 움직이는 속도와 패턴을 관찰했다.

그리곤 잠시 뒤에야 발을 떼어 길에 접어들었다.

쩌억, 쩍!

길이 접착제처럼 발바닥을 잡아당겼다. 때문에 정상적인 자세와 속도로 걸을 수가 없었다.

이것까진 계산하지 못했는데. 안 그래도 길이 넘실거려서 상당히 어지럽다.

"꾸에에엑!"

기합을 넣으며 잔뜩 다리에 힘을 주었다. 각성한 덕분인지 어느 정도 끈적끈적할 길을 극복할 수 있었다.

화르륵!

화마가 지나쳐 길이 열리자 얼른 앞으로 나아갔다.

화르륵!

그런 식으로 수없이 많은 화마를 지나쳐 다음 지점에 도착했다. 이번에도 쉼터가 펼쳐져 있었다.

"꾸국."

이제 3개의 쉼터를 지나쳤다. ㄱ자로 연결된 세 개의

별이라. 머릿속의 지도를 떠올리니 분명 그러한 부분이
있었다.

"하지만."

20층 전체로 따지면 당연히 그런 곳이 많을 것이다. ㄱ
자로 연결된 3개의 쉼터는 다른 곳에도 있겠지.

성급하게 굴지 않고 더 많은 쉼터를 지나치기로 했다.

지나치는 쉼터를 연결하면 지도상으로 볼 때 특정한 모
양이 나온다. 독특하고 복잡할수록 정확도가 올라가는 것
이었다.

"꾸국. 이 모양을 따라하면 되겠네. ㄱ자부터 시작해서
복잡하게 지그재그로 뻗어나가는!"

지름길로 향하는 길의 한 부분을 선정했다.

만약 저 부분과 일치하는 쉼터 패턴을 찾으면, 충분히 맞
는 길을 가는 것이라고 말할 수 있었다.

"꾸국."

예상대로 20층은 그렇게 고등한 지능을 사용하는 곳이
아니었다.

그저 타이밍에 맞춰 눈에 보이는 위험한 장애물을 넘으
면 됐다.

관건은 위험한 장애물의 패턴과 특성을 잘 관찰해 움직
이는 것이었다.

[비전 스트레치.]

"끄아악."

이번에도 아픔을 참으며 먼 앞을 내다봤다.

"크락!"

"크롸락!"

앞에는 나보다 서열이 조금 높은 마물들이 먼저 퍼즐을 풀고 있었다. 그러다 빙판 길을 넘던 마물 하나가 급작스레 튀어나온 두더지 마물에게 잡아먹혔다.

저것도 함정 요소인가. 조심해야겠네.

[비전 스트레치 해제.]

나는 심호흡을 한 다음 움직이는 기둥이 가득한 빙판으로 들어섰다. 느릿한 기둥은 피하긴 쉬웠으나 너무 가까이 가면 다른 마물들을 자석처럼 잡아당겼다.

"꾸국."

어느 정도 지나서는 잔뜩 땅에 시선을 집중했다.

툭, 툭!

빙판 일부가 깨지는 게 보였다.

탓!

얼른 앞으로 뛰어 급격히 전진했다.

"크락!"

예상대로 뒤편에서 두더지가 튀어나와 텅 빈 허공을 물었다. 멍청한 놈. 순순히 당할 내가 아니다.

툭, 투둑!

다시금 발밑이 갈라지는 게 보였다.

"꾸국!"

사뿐히 앞으로 뛰려는데 빙판에 미끄러져버렸다.

콰창!

빙판이 깨지며 갈고리처럼 휘어진 이빨이 튀어나왔다. 나는 여기서 죽으면 재생성되지 않는다.

그냥 끝이다.

[쉼터 텔레포트.]

스릉.

다행히 마지막 순간 목숨은 부지할 수 있었다. 보상으로 받은 능력이 아니었으면 정말 큰일 날 뻔했다.

"꾸구국!"

그렇게 나는 수없이 많은 함정을 넘었다.

쉼터 33개를 지나치고 나서야 내가 찾던 패턴을 확인할 수 있었다.

"이젠 지름길로만 가면 되겠네!"

외운 지도를 따라 요리조리 방향을 선정했다.

그리고 거의 다 왔다고 생각했을 때, 거대한 낭떠러지를 만나고 말았다.

"이게 뭐야."

분명 암기한 지도는 정확했다.

길을 잘못 잡은 것도 아니었고.

근데 왜 까마득한 낭떠러지가 나타난 걸까.

심연의 목소리가 알려준 지도에 의하면 이제 지름길이 나타나야했다. 나는 분명 머릿속에 암기해둔 선명한 지도를 따라왔다.

별들의 패턴과 쉼터가 이어지는 패턴은 정확히 일치했다. 결국 별 표시는 쉼터를 의미한다는 예측이 맞았다.

하지만 눈앞에 있는 것은 까마득히 펼쳐져 있는 낭떠러지였다.

처음으로 벽이 아닌 던전의 끝자락을 마주하는 것이었다. 새로운 발견이었지만 전혀 반갑지 않았다.

어쩌라는 것일까.

"꾸국."

절벽 앞으로 쭉 다리를 뻗어봤다. 앞으로 넘어지지 않게 조심하며.

"이상하네."

투명한 바닥이라도 있지 않을까 기대했지만, 발가락에 닿는 부분이 없었다. 그저 긴 다리는 허공만 휘적거릴 뿐이었다.

"꾸구국, 뭐지."

이상하다싶어 한참이나 기다려봤다.

하지만 안타깝게도 새로운 퀘스트가 내려오지 않았다. 던전 시스템을 흉내 내어 몰래 전달할 수 있는 퀘스트 개수가 제한돼 있는 거겠지.

"설마."

절벽 아래로 뛰어내리는 것이 지름길로 들어가는 방법인가.

그렇다면 정말 고민이 될 수밖에 없었다.

비록 쉼터 텔레포트 요소가 있다곤 하지만, 즉사하면 아무런 소용이 없다는 설명이 있었다.

까마득한 낭떠러지 아래로 떨어지자마자 죽을지, 아니면 바닥에 닿아 제대로 낙사해야 죽을지 알 수 없는 일이었다.

보기엔 텅 비고 어두운 허공이었지만, 이상한 경계 요소가 잠재돼 있을지도 모르는 일이었다.

아래 층에서도 키메라의 몸을 통해 경계를 벗어나자, 던전 시스템이 미친 듯이 경보를 울렸었다.

[비전 스트레치.]

"꾸그극."

한껏 시야를 앞당겨 까마득한 절벽 아래를 바라봤지만 보이는 게 없었다.

그렇다고 시험 삼아 던져볼 수 있는 돌멩이도 없었다. 두 손이 없어 빙판 길에서 조각을 주울 수도 없는 노릇.

결국 내가 떠올린 방법은 하나였다. 나는 뾰족한 발톱을 스윽 치켜들었다.

"끅!"

그리곤 발톱으로 다른 쪽 다리를 베었다. 절벽 쪽으로 다리를 휘둘러 피를 몇 방울 흩뿌렸다.

그러자 굵은 핏방울이 후두둑 까마득한 낭떠러지 아래로 떨어졌다.

"꾸구국."

다행히 핏방울은 이질적인 힘에 의해 증발되거나 영향을 받지 않았다. 그저 선명한 시력이 따라갈 수 있을 때까지, 끊임없이 수직으로 추락했다.

"일단."

직접 걸어서 쉼터로 돌아갔다. 그리곤 스스로 벤 상처를 회복한 다음 다시 낭떠러지로 돌아왔다. 중간의 함정들은 이미 한 번 거친 것들이라 크게 위협적이지 않았다.

"꾸구후우우!"

눈알로 이루어진 머리통으로 작게 한숨을 내쉬었다. 갈라져 있는 입이 있는 건 아니었지만, 한숨을 내쉬는 것이나 말을 하는 게 가능했다.

머리통 중앙에서 나는 소리라 흘러나오는 지점을 알 수 없었다.

탓!

쉼터 텔레포트를 준비하며 힘껏 낭떠러지 아래로 뛰어내렸다.

"꾸그그극!"

추락하는 속도가 너무 빨라 절로 신음이 나왔다.

낭떠러지 윗부분은 급격히 멀어지고, 순식간에 주변이 암흑에 뒤덮였다.

몇 초를 세고 반응이 없으면 곧장 쉼터로 텔레포트할 것이다. 좀 더 기다리다가 그대로 낙사하는 수가 있었다.

"끅."

스르릉.

막 텔로포트하려는 찰라, 발바닥이 뜨겁게 달아올랐다. 마치 던전의 함정들을 지나칠 때 느낌이었다.

"꾸국. 후우우."

입 없는 눈알을 통해 안도의 한숨을 내쉬었다.

내 발바닥 아래의 넓은 면적이 문양이 박힌 반투명한 타일로 이루어져 있었다. 나는 어느새 부드럽게 착지해 바닥에 붙어 있는 상태였다.

위를 올려다보니 낭떠러지의 끝은 보이지 조차 않았다. 짧은 새 정말 많이 추락한 것이었다.

스르르륵.

한 발을 뻗자 내가 서 있는 타일 구조가 재조립됐다. 그러면서 간신히 볼 수 있는 정도의 다리를 만들었다.

스르륵, 스륵.

한 발씩 뻗을 때마다 다리가 재조립되며 나아갈 길을 내주었다.

"꾸구국."

숨겨진 지름길이 맞는 거 같긴 하다. 이곳에 지름길이 있다는 확신이 있지 않은 이상, 어느 마물이 미쳤다고 까마득한 낭떠러지 아래로 뛰어내릴까.

설사 쉼터 텔레포트가 있어도 생각조차 못할 것이다. 막다른 길이라 여기고 곧장 방향을 틀었겠지.

이런 곳을 심연의 목소리는 대체 어떻게 아는 것일까.

우우웅.

두 발바닥이 지금껏 느낀 것 중 가장 뜨겁게 달아올랐다. 그와 함께 내 앞으로 딱 적절한 크기의 포탈이 열렸다.

나는 자연스레 포탈 쪽으로 다리를 뻗었다.

사아아아.

그러자 내 몸이 가루가 되어 포탈로 빨려 들어갔다. 눈알로 이루어진 머리통이 빨려 들어가는 순간, 정신을 잃었다.

이번에도 어둑한 심연의 공간이었다.

하지만 곧장 미묘한 차이를 알아차릴 수 있었다.

전과 달리 뫼비우스 주사위가 없었다. 게다가 심연이 은은하게 보랏빛을 띠며 소용돌이 모양으로 꿈틀거리고 있었다.

심연을 유심히 들여다보면, 내가 천천히 상승 중이란 걸 알 수 있었다.

항상 시선의 기준이 되어주었던 뫼비우스 주사위가 없으니 뭔가 허전하긴 하다.

목소리조차 낼 수 없어서, 그저 영영 이곳에 갇힐 것만 같은 불안감에 휩싸였다. 공기 흐르는 소리조차 없는, 암흑을 닮은 침묵 역시 불안한 심리에 이바지 했다.

우웅.

한참이나 상승하고 있자 마침내 심연의 윗부분에서 주홍빛이 반짝였다.

나는 잔뜩 정신을 집중했다. 본래는 반복적인 암흑에 살짝 멍해진 상태였었다.

-아주 잘했다. 네 덕분에 나는 탈옥에 성공해서 99층으로 잠입했어. 하지만 아직 내 정체를 드러내고 활개 칠 단계는 아냐. 당연히 던전 관리자들은 혈안이 돼서 날 찾고 있다.

보통 마물은 죽으면 기억이 지워져 재생성될 뿐이었다. 끊임없는 던전의 생태 주기 안에서 살아가는 것이었다.

하지만 심연의 목소리는 던전 관리자들이 굳이 공을 들여서 지하에 가둔 거 같다. 역시 던전을 관리하는 지성체가 존재하고, 하나가 아닌 다수구나.

그들이 뫼비우스 초끈을 쫓는 자들일 수도 있다.

-너는 이제껏 그래온 것처럼 계속해서 상승하면 된다. 더 상승해서 내 신뢰를 얻을수록, 던전에 관해 더 많이 알게 될 거야.

이상하게 99층이란 숫자가 익숙하다고 생각했다.

잘 생각해보니 남궁철곤이 밤에 생존하는 층이었다.

탈옥한 존재니 만큼 심연의 목소리도 결코 약하지 않은 거 같았다. 나는 이렇게 힘겹게 올라가는데, 그는 단박에 99층에 잠입했다고 한다.

자신의 목적이라도 알려주면 좋으련만.

─나는 마땅히 내 걸 되찾으려는 거뿐이야. 네가 날 적극적으로 돕고 있는 거고. 아래층에서 혼란을 일으킨 건, 던전에 과부하나 문제를 일으켜서 날 가두고 있던 결계를 풀려던 것이었다.

그 점은 어느 정도 예상한 바였다.

일방적인 대화가 답답하긴 했지만, 그래도 하나 둘 실마리가 풀리긴 하는 거 같다.

막연히 뫼비우스 초끈의 퀘스트만 따르는 것보단 낫다.

─너도 인정할 것이야. 비록 밤에 고생을 하긴 하지만 낮엔 제법 이득을 많이 본다는 걸. 게다가, 너는 다른 혼들과 달리 내가 특별히 락〈Lock〉도 해제해주었고 말이지.

락이란 게 무슨 말일까. 심연의 목소리가 말한 바에는 많은 정보가 내재돼 있었다.

일단 심연의 목소리는 다른 갑질 능력자가 존재한다는 걸 아는 거 같았다.

게다가 나만 특별히 락을 해제해주었다는 걸 보니, 락은 각성을 막는 특유의 장치 같았다.

그러면 본래 갑질 능력자도 반드시 각성을 못한다는 건 아니라는 건가.

-자, 이제 거의 다 왔다. 시간이 없어. 41층은 이 던전에서 가장 면적이 거대한 층이다. 너희 세계로 따지자면 바다와도 같지. 41층은 다른 층들과 달리 여러 종들이 섞여 산다. 게다가 재생성마다 자신이 입을 그릇의 종류를 선택할 수 있지. 너는 반드시 심해 골렘을 고르도록 해. 재생성 시 마물들이 가장 꺼려하는 종류지만, 가장 효과적이다.

심연의 목소리는 다시금 힌트를 주었다.

적어도 그 힌트나 퀘스트를 따라서 이제까지 손해를 본 적은 없다.

되레 막대한 이득을 본 적이 더 많았다. 설사 보상 요소를 제외하더라도 말이다.

심해 골렘이 가장 선호도가 낮다고 했다. 설마 재생성 시 마물들이 그릇을 선택하는 수치라도 알고 있는 건가.

-건투를 빈다, 카몬. 나의 마지막 후보여! 일단 한 가지를 약속해주마. 계속 내 지시에 따르며 신분상승 하면, 낮과 밤 둘 다에서 던전을 초월한 존재가 되게 해주겠다!

던전을 초월한 존재라. 심연의 목소리처럼 될 수 있는 건가. 나중에라도 쌍방향으로 대화를 좀 했으면 좋겠다.

-아, 그리고 선물을 주도록 하마. 이제는 추종자 퀘스트 없이도 추종자와 함께 신분상승할 것이다. 제법 쓸모가 있더군.

그 말을 마지막으로 주홍빛이 확 꺼져버렸다.

나는 한참이나 더 암흑 속을 부유해야했다.

탈옥이 끝이 아니었다.

심연의 목소리는 좀 더 본격적인 계획을 준비하고 있었다.

나는 그 계획의 일부였다. 적어도 진상을 파악할 때까진, 목소리의 의지에 따르며 퍼부어지는 이득을 받아야겠다.

애초에 선택권이 없으니까.

생존하려면 어쩔 수가 없었다. 아직은 선택하여 대들던지 따르던지 할 수 있는 수준이 아니었다.

우웅!

한 차례 진동이 느껴졌다.

다음으론 내 의식 전체가 찢길 듯한 한기에 휩싸였다.

심연의 목소리가 말해준 바가 사실이었다.

난 곧장 41층에서 눈을 뜨지 않고 기이한 백색 공간 내에서 시야를 얻었다. 실체하는 육신에 기반한 시야라기 보단, 심연에서 얻는 제한적인 시야에 더 가까웠다.

[그릇을 선택하십시오.]

내가 느껴온 점을 정확히 요약해주는 말이었다.

층을 옮기며 육신이 진화하는 게 아니었다.

육신의 성장은 층 내에서 벌어지는 소진화가 전부였다.

대신 층이 오르며, 아예 영혼이 다른 육신에 옮겨졌다. 그릇이란 말이 적합한 거겠지.

스르륵.

백색 공간에 10마리의 마물들이 떠올랐다. 심연의 목소리가 말한 대로 각기 다른 종류였다.

모두 반투명한 상태로 얼어붙어 있었다.

텅 빈 눈빛을 보니 빈 그릇인 거 같았다.

[그릇을 선택하십시오.]

쭉 보니 과연 선택 가능한 마물들은 해양 생물체와 비슷한 모습을 하고 있었다.

상어를 닮은 마물부터 갑각류 마물까지, 꽤나 다양했다.

게다가 인어나 아쿠아 엘레멘탈까지 있었다. 시야를 집중하면 대상 빈 그릇의 기본적인 정보를 볼 수 있었다.

얼어붙어 있는 줄의 끝에 다다라서야 원하는 대상을 찾을 수 있었다.

[심해 골렘 – 41층의 밑바닥에서 살아가는 소외 된 존재입니다. 너무 무거워서 쉽사리 떠오를 수가 없습니다. 그저 밑바닥 생활을 해야만 합니다. 잘 잡아먹히지 않으면서도 다른 마물을 잡아먹기 힘든 그릇.]

과연 설명만 봐도 왜 재생성 되는 마물들이 심해 골렘을 기피하는지 알 거 같았다.

바다처럼 넓은 곳에서 밑바닥만 배회해야 하니.

하지만 심연의 목소리는 분명 심해 골렘이 가장 효과적이라고 말했다.

[샤크라 – 41층의 포식자로써, 빠른 수영 능력과 강력한 전투 능력을 자랑합니다. 주기적으로 포식을 해야 한다는 단점을 제외하면, 가히 41층의 주요 세력이라고 볼 수 있습니다.]

일단 그릇의 종류를 선택할 수 있다는 것만 봐도 흥미롭기 그지없었다. 그것에 더해 설명들을 쭉 둘러보면 과연 41층이 바다와 같은 생태계라는 걸 추측할 수 있었다.

또한 설명들이 하나같이 다 화려하고 구미가 당기도록 구성돼 있다는 것도 알 수 있었다. 오로지 심해 골렘의 것을 제외하고 말이다.

[심해 골렘 선택.]

그럼에도 난 심연의 목소리를 따랐다.

애초에 21층을 한꺼번에 생략한 건 그 덕분이었다.

–음.

심해 골렘을 선택하자마자 눈이 번뜩 떠졌다.

그리곤 까마득히 어두운 풍경이 눈앞으로 펼쳐졌다.

위를 올려다보았다.

좀 더 밝은 위쪽에선 어렴풋이 해양 마물들이 수영하고 다니는 것이 보였다. 생각보다 심해 골렘의 시력은 나쁘지 않았다.

[41층에 오신 걸 환영합니다. 생존하세요.]

이제 막연히 올라가는 게 아니다.

좀 더 실체를 드러낸 심연의 목소리와 함께한다.

거의 확실히, 이후로도 여러 층을 생략하는 길들이 주어
질 것이다.

고로 던전에서 가장 넓다는 41층 역시 공략해낼 것이다.

층 내 서열은 그저 내게 수단일 뿐이다. 상승하기 위해
밟고 올라가는 계단 정도였다.

나는 던전 전체를 바라보고 움직일 것이다.

가장 먼저 의식한 건 뫼비우스 초끈 자체의 성장이었다.

–모드를 선택하시오.

[학습력 4000% / 능력 흡수 / 4성 각성]

[현재 뫼비우스 초끈 숙련도 (41층급 D–). 흡수 능력 칸:
4개.]

그야말로 엄청난 변화가 아닐 수 없었다.

이미 1000%와 2000%의 차이를 절실히 느껴보았다. 그
이상의 중첩 증강을 여실히 경험해왔다.

시스템 효율의 차이라, 단순히 성장 속도가 2배 가 되는
게 아니었다.

그런데 이제는 학습률이 4000%였다.

게다가 흡수한 능력을 4개나 동시에 사용할 수 있었다.
서로 보완하거나, 상충되는 능력들을 동시에 쓸 경우 상당
한 파급력을 낼 수 있었다.

마지막으로 4성 각성. 이제는 덩치가 커지는 정도가 아닐 거란 예감이 들었다. 보라색 유령체가 보여준 변이만 봐도 알 수 있었다.

-그그그.

나는 압도적인 수압 속에서 천천히 팔을 들어보았다.

심해 골렘이란 이름답게 내 몸은 암석으로 이루어져 있었다.

단순히 몇 개의 투박한 바위가 뭉쳐있는 것이 아니라, 동상에 비할 정도로 온 몸이 선명한 형태를 갖추고 있었다.

꾸르르르.

역시 백색 공간의 설명대로 몸이 무거워 수영을 할 순 없었다. 다리를 웅크렸다 땅을 밀어 올라가려 해도 금세 심해 바닥으로 가라앉았다.

"크르르르."

내 주변에는 역시나 심해 마물들이 많았다.

거의 빛이 없다시피 했음에도 나는 선명하게 지나가는 마물들을 감지할 수 있었다.

단순한 시야가 아니라, 내 골렘의 머리통에서 특수한 파장이 뿜어지는 거 같았다.

일종의 초음파처럼 말이다.

그래서 어느 정도 멀어지면 전혀 대상이 인지되지 않았다. 그러한 파장 시야에 명도와 색채가 조금 덧씌워지는 형식이었다.

-그그그그. 흐음.

[카몬 – 41층 – 788억 2991만 8815위.]

정말 무지막지한 밑바닥 서열이었다.

하지만 난 조급하게 생각하지 않기로 했다.

학습률4000% 뿐 아니라, 심연의 목소리가 속삭인 힌트
가 있었다.

분명 심해 골렘을 고르는 것이 내게 가장 효율적인 선택
이라고 했다. 그렇다면 대놓고 포식자인 샤크라를 앞지를
수 있다는 것이었다.

당장의 문제라면, 방법을 모른다는 것.

이제까지 그래왔듯 여러 가지를 시도하며 빠르게 적응할
테다.

"크랴아아! 움직이는구나! 먹이다!"

터걱.

주둥이가 큰 심해어 하나가 발작하듯이 달려들어 날 물
었다. 내가 수압을 이겨내고 움직임을 보이자 먹이로 인식
한 것이었다.

텁.

허나 녀석은 내 몸체에 작은 흠밖에 낼 수 없었다. 제법
날카롭고 구부러진 이빨도 도저히 내 몸체에 박히지 않았
다.

되레 내가 손을 들어 놈을 붙들었다.

"크릅. 무슨!"

심해어가 도망치려고 부단히 애를 썼다.

나는 각성하지 않은 상태에서도 놈의 몸집을 한손으로 으스러뜨릴 수 있었다.

"크랴아아악!"

심해어가 비명을 질렀다.

으스러진 놈의 몸집에서 거무스름한 피가 뿜어져 나왔다.

-그그그그.

나는 심해어의 머리통을 내 머리에 가까이 가져왔다. 그제야 알 수 있었다.

심해 골렘은 입이 없다는 것을.

먹이를 먹는 방법이 뭘까.

먹이를 먹긴 하는 것이려나.

찌지이익.

"크락!"

심해어가 마지막 단말마를 내질렀다.

놈을 조각내 순서대로 내 몸 곳곳에 가져다대봤다. 그러나 자연스레 생명력이 흡수되는 우연은 벌어지지 않았다.

-그그그. 뭐지.

주변 물이 더더욱 검게 물들 때까지 방법을 발견하지 못했다.

41층답게 까다롭긴 하다.

동족들만 있는 게 아니라, 보고 곧장 터득해서 따라하는 게 불가했다.

아직까지 심해 골렘을 단 1기도 본 적이 없었다.

-그그그. 뭐지.

[4성 각성.]

쿠드드득!

4성 각성을 통해 덩치를 급격히 6배 정도 불렸다. 그야말로 무지막지한 각성이 아닐 수 없었다.

게다가 소년의 조각상 같던 내 골렘 몸체가 금세 굵직한 전사의 몸매로 변했다.

-좀 낫군.

각성한 상태에서 걸으니 심해의 묵직한 수압을 좀 더 버틸 만 했다. 나는 뿌옇게 모래를 일으키며 앞으로 걸어 나갔다.

-그그그그.

각성을 하니 뿜어내는 파장의 시야 역시 넓어졌다. 덕분에 더 넓은 곳까지 형태를 알아볼 수 있었다.

"저건 뭐야!"

"큼지막한 게 상당히 먹을 만한데?"

"인어인가. 팔다리가 있어. 근데 왜 이렇게 깊숙한 곳에 가라앉은 거지."

"키르르. 알 바 아니지! 우리는 그냥 적절히 발라 먹으면 돼!"

"키르르! 좀 크지만, 동시에 덤비면 분명 오늘은 포식할 수 있을 것이다."

"키르킥킥. 인어를 먹어볼 수 있을 줄이야!"

한동안 이동하자 한 데 뭉쳐 있는 갑각류 마물들과 마주했다. 그간은 작은 심해어들과만 마주쳐 별달리 시비가 걸리지 않았다.

현재 각성한 내 키는 10m가량이었고, 30마리 정도 몰려 있는 갑각 마물들은 키가 3m 가량이었다.

"키르르르!"

해초를 뒤적거리던 갑각 마물들이 일제히 내게 기어왔다.

별다른 기술이 없었음에도 크게 걱정하지 않았다. 저들의 집게손이 아무리 세 봐야 내 암석 몸체를 상하게 할 정도는 아니라고 생각했다.

"키락!"

물거품을 뿜어내며 30마리의 갑각 마물이 높게 뛰어올랐다. 그리곤 급격히 헤엄을 쳐 나를 사방에서 포위했다.

"살점을 뜯어라!"

심해 골렘이 희귀하긴 한 거 같다.

갑각 마물들은 나를 덩치 큰 인어로 생각하고 사방에서 한꺼번에 달려들었다.

카각, 칵!

"키르륵! 이게 무슨! 갑옷인가!"

"목이나 관절을 노려! 그게 인어들의 약점이라고!"

"키르르르!"

갑각 마물들이 사납게 내 온몸에 집게질을 해댔다. 그래 봤자 가루만 날릴 뿐이었다.

쿠르르르.

나는 서서히 팔 하나를 움직였다. 그리곤 물거품을 일으키며 육중한 팔로 뭉쳐 있는 갑각 마물들을 후려쳤다.

콰직! 콰드득!

느릿한 움직임에, 10마리의 갑각 마물들이 한꺼번에 찌그러졌다. 그러면서 검은 물을 뿜고 즉사했다.

"집게손이 먹히지 않는다! 온 몸이 갑옷인 거 같아!"

"일제히 독과 광선을 뿜어라!"

치이이익!

갑각 마물들은 숨겨놓은 비기를 꺼내들었다. 내가 만만한 인어라 생각했다가, 한순간 동료들의 3분의 1을 잃었다.

과연 그들이 주둥이에서 뿜는 독과 광선은 내 몸체 표면에 약간의 타격을 입혔다.

쿠르르르.

다시 한 번 팔을 휘둘러 내 몸에 붙은 갑각 마물들을 털어냈다. 워낙 육중하게 힘이 세서 털어내는 동작만으로도 갑각 마물들은 몸이 찌그러졌다.

"키륵!"

"가, 갑옷이 깨지지 않는다! 이러다 전부 계죽음을 당하고 말 거야!"

"키르륵! 도망가자! 그냥 인어가 아니야!"

"키르르르! 재수 없게 이런 게 걸려서!"

갑각 마물들이 급격히 도망을 치기 시작했다.

호락호락 보내주지 않고 주먹을 내질렀다.

끝내 목숨을 부지한 건 겨우 두 마리에 지나지 않았다.

건성으로 몇 번 손짓한 것으로 제법 큰 갑각 마물들을 거의 전멸시켰다.

4성 각성의 위력이라 볼 수 있었다.

텁!

"키륵! 잘못했습니다! 제발 보내주십시오!"

주먹을 펴서 도망가던 갑각 마물 하나를 잡아냈다.

터지지 않도록 잔뜩 힘 조절을 해야 했다.

갑각 마물은 고통스러워하며 꼼짝하지 못했다.

갑각 마물이 애원하며 보내달라고 했다.

[능력 흡수. 대상: 타겟.]

-능력 흡수 완료! F-급 구강 독 발사와 F-급 구강 광선 발사가 가능하게 됩니다.

쿠드드득.

능력 흡수를 진행하자 흥미로운 일이 벌어졌다.

골렘 몸체의 입 쪽이 꿈틀거리며 작은 구멍과 단순한 장식을 갖추게 된 것이었다. 파장을 뿜어내는 탓에 내 스스로의 모습을 인지할 수 있었다.

[구강 광선 발사.]

치이익!

실선처럼 얇은 광선이 발사돼 도망가던 갑각 마물을 꿰뚫었다. 놈은 그대로 심해 바닥으로 떨어졌다.

"무, 무슨! 인어가 광선을 발사한다니! 당신은 대체 정체가 뭡니까!"

손에 잡혀 있던 마물이 충격에 휩싸여 소리쳤다. 온갖 공격이 통하지 않는 것도 모자라 그들의 고유 능력까지 사용했다.

콰직!

너무 많은 걸 본 거 같다.

-그그그.

으깬 갑각 마물을 혹시나 싶어 구멍이 생긴 입으로 가져왔다.

-그흠.

허나 아무런 변화가 없었다. 새로 생긴 입 구멍은 순전히 흡수한 능력을 사용하기 위한 구조인 거 같다.

정말 새로운데.

골렘의 몸체가 능력에 맞춰서 구조와 형태를 바꾸다니. 이래서 심연의 목소리가 심해 골렘을 추천해준 걸까.

-그흠.

41층에는 수많은 종류의 마물들이 존재한다.

그리고 나는 그 수많은 종류의 마물들이 부리는 특기와 능력을 흡수할 수 있었다.

골렘의 몸체가 변하는 걸 보니 호환성도 상당히 높은 거 같았다. 이로써 어떻게 밑바닥 서열을 극복할지 조금은 갈피가 잡힌다.

일단 느려터지고 바닥만 걷는 골렘의 몸으로, 실선 같이 얇게나마 광선을 쏘게 된 건 엄청난 성과였다.

빠르게 헤엄치는 해양 마물을 사격할 때 제격이겠지. 나는 따라서 헤엄을 칠 수 없으니까.

[카몬 – 41층 – 788억 2991만 8815위.]

허나 아직도 완전히 상황이 개선된 건 아니었다.

여전히 나는 헤엄을 칠 수 없는 묵직한 골렘이었다.

아직도 성장의 수단을 모른다.

누가 봐도 가장 간단한 성장 수단은 포식이었다. 포식 혹은 동식 포식.

헌데 그것이 심해 골렘에겐 적용되지 않는 거 같았다.

─그그그그. 설마 아니겠지.

문득 불안한 생각이 들었다. 설마 능력 흡수만으로 41층 전체를 극복해야 하나. 심해 골렘은 아예 성장이 불가능한 마물일까.

불가능해보이진 않아도 매우 험난한 길이 될 거 같다. 수집하게 될 수백, 수천 가지 능력 중 항상 4개만을 선정해 싸워야 하니.

모든 종류의 마물들이 가지는 상성을 알아야했다. 그 많은 스킬과 능력들을 전부 숙지해야 했고.

–그그그. 아니겠지.

일단은 가능성으로만 고려하기로 했다.

심해 바닥을 걸어다닌지 이제 겨우 1시간이었다.

심해 골렘을 만나면 뭔가 달라지겠지.

–그그. 달팅.

달팅은 어떤 종류를 선택했을까 문득 궁금해졌다.

심연의 목소리가 혜택을 준 덕분에, 달팅은 이제 자동적으로 나와 함께 신분상승을 한다. 녀석이 죽지만 않으면 된다.

되레 17층보다 이번 층이 죽을 확률이 높긴 하다. 확실한 상성 규칙이 아닌, 수많은 변수와 무작위 상황들이 퍼부어지는 곳이니.

[퀘스트: 추종자를 호출하라. 보상: 능력 흡수 대상 추천.]

–그그그. 좋아.

비록 성장 수단을 알려주진 않았지만, 퀘스트가 다른 종류의 유용함을 알려주었다.

[추종자 호출.]

주홍색 실끈이 내 몸에서 새어나가 심해 위로 뻗어나갔다.

확실히 이번 층에서 필요한 능력이었다. 단순히 내가 찾는 것보다 편리할 뿐 아니라, 나는 심해 바닥을 벗어날 수 없는 몸이다.

달텅은 높은 확률로 헤엄칠 수 있는 마물을 택했을 것이고, 그러면 필연적으로 녀석이 나를 찾아와야 한다.

-그그그그.

주홍 실끈이 알아서 달텅을 인도할 것이다.

기다리고 있기엔 시간이 아까웠다.

나는 다시 걷기 시작했다.

[퀘스트 완료! 능력 흡수 대상을 추천합니다. 주홍빛을 따라가십시오.]

내 몸에서 흘러나간 주홍색 실끈이 달텅에게 도달한 거 같다.

그러니 보상이 주어진 것이다.

나는 주홍색 빛을 따라갔다. 당연히 길은 순탄치 않았고, 그렇다고 속도가 빠르지도 않았다.

이후에도 주둥이가 큰 심해어가 덤벼들었다. 이번에는 길이가 7m에 달할 정도로 크고 강력했다.

"크롸아아아! 먹음직하구나!"

살짝 몸체가 밀리긴 했지만 그 뿐이었다.

녀석의 거대한 이빨에도 내 몸체는 쉬이 상하지 않았다.

콰웅!

"크렉!"

입에서 광선을 발사해 심해어의 입속에 출혈을 냈다. 놈은 깜짝 놀라 얼른 도망을 쳤다.

꼬리를 잡아내 더 싸울 수 있었지만 그냥 보내주었다.

굳이 얻을 게 없었기에.

　능력 흡수를 통해서도 심해어로부턴 별달리 얻을 게 없었다.

　[능력 흡수 추천 대상을 발견했습니다.]

　정말 넓은 층이 맞는 거 같다.

　아무리 느리다지만, 2시간이 지나서야 대상을 발견할 수 있었다.

　대상은 길이가 40m 달하는 거대한 조개였다.

3 장 - 힌트(3)

신분상승 가속자

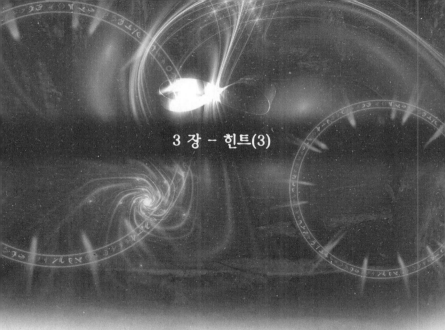

3 장 - 힌트(3)

거대한 조개의 위쪽 껍질이 들썩거리는 게 보였다. 그러면서 껍질 틈 사이로 검은 물거품이 뿜어져 나왔다.

단순히 크기만 한 게 아닐 테였다. 조개껍질 안에 무얼 숨기고 있는지 예의주시하는 게 좋을 거 같다고 판단했다.

아무리 심해 골렘의 몸체가 단단하다 해도 무적은 아닐 것이다.

―그흐으음.

일단 멀찍이 서서 조개 마물을 노려보았다.

몇 시간 동안 심해 골렘으로 살아오며 한 가지 추가로 터득한 것이 있다. 호흡을 하지 않는 존재라, 가만히 있으면 심해의 바위 행세를 할 수 있다는 것.

민감한 포식자도 알아차리지 못할 만큼 미동도 없이 정지하는 게 가능했다.

그래서 길이 100m가 넘어가는 심해어가 지나갈 때면 종종 몸을 정지시키곤 했다. 맞붙어봐야 피곤하기만 할 테니.

과연 마물들은 내가 정지하면 날 알아보지 못했다. 희귀한 마물이라는 게 결정적인 요인이었다. 그저 유심히 살펴보다 호흡이 없는 걸 보곤 큼지막한 바위라 결론 내렸다.

"캬우. 저 정도면 제법 폭식할 수 있겠는데."

"캬으. 위험하지 않을까. 너무 거대한데."

"언제까지 굶기만 할 거야?"

"하긴. 마지막으로 먹어본 지가 까마득하다."

"살점이 부드럽긴 할 테지. 도전해 볼 만 해."

인내심 있게 기다리자 한 무리의 갑각류 마물들이 나타났다. 그리곤 들썩이며 숨을 쉬고 있는 조개 마물을 사방에서 감쌌다.

내게 그랬던 것처럼 포위 공격을 시도하려는 것이었다.

─키힉힉힉힉!

조개 마물은 섬뜩한 웃음을 흘려냈다. 틈이 벌어지자 더더욱 검은 물거품이 많이 흘러나왔다.

"캬으. 정말 덤빌 거야?"

"당연하지. 이미 우릴 인지했잖아. 이렇게 된 이상 이판사판이다. 도망가다 오히려 뒤를 물릴 수도 있다고!"

"다들 물리지만 말아!"

"캬이이익! 안으로 들어가서 살점을 찢어!"

갑각류 마물들이 한꺼번에 조개 마물에게 덤벼들었다. 그걸 인지하고 조개 마물이 놀라운 속도로 쩌억 입을 벌렸다.

쾨르르르!

순간 폭발적인 먹물 거품이 뿜어져 나왔다.

한순간 조개 마물의 주변 물이 시커멓게 물들었다. 당연히 갑각류 마물들은 온통 검은 물에 뒤덮이고 말았다.

"크렉! 이게 뭐야! 너무 매워!"

"캬으으으! 보이지가 않아!"

마치 연막탄 같은 효과를 낸 거 같다.

"젠장! 마구 집게를 휘둘러!"

"캬윽! 나잖아! 제대로 조개를 찾아 공격하라고!"

-키힉힉힉!

어두운 중에서도 난 미약하게 모든 형체들을 잡아낼 수 있었다. 먹물 입자가 방해를 하긴 했지만, 내가 뿜어내는 파장을 완전히 차단하진 못했다.

조개 마물은 벌어진 입으로부터 수 십 개의 촉수를 뿜어냈다.

그것들은 우왕좌왕하고 있는 갑각류 마물들을 정확히 휘어 감쌌다. 조개 마물도 먹물 속에서 시야를 확보할 수 있을 테지.

으득! 으드득!

"키야아악!"

갑각류 마물들의 비명 소리가 여기저기서 터지기 시작했다.

조개 마물은 잡아낸 갑각 마물을 끌어와 짧고 단단한 중앙 촉수를 대상 마물에게 박았다.

찌이이익!

강제로 생체액이 빨리는 소리가 나며 하나둘 비명 지르던 갑각 마물들이 조용해졌다. 저게 조개 마물의 포식 방법이구나.

기다리길 잘한 거 같다. 섣불리 다가갔다면 설사 먹물 속에서 볼 수 있었더라도 촉수에 고전했을 것이다.

"키으윽! 도망쳐라! 도저히 안 돼!"

"먹물이 얕은 쪽으로 도망쳐. 그러면 어떻게든 벗어날 것이다!"

"키야아악!"

갑각 마물들이 결국 도망을 치기 시작했다. 그들에게 이번 사냥은 철저한 실패였다.

벌써 여섯 정도의 갑각 마물이 조개 마물에게 빨아 먹혀 텅 빈 껍데기가 됐다.

"키윽! 잡혔어! 좀 도와줘!"

"아, 안 보여서 어쩔 수 없어!"

추가로 둘 정도의 마물이 조개 마물의 촉수에 잡혔다. 그대로 몸이 으스러져 조개 마물에게 빨아 먹히는 신세가 되어야 했다.

그것이 끝인 줄 알았다. 나머지 갑각 마물들에겐 더 이상 조개 마물의 촉수가 닿지 않았으니.

-키릌컼컼컼!

이번엔 웃는 게 아니었다. 조개 마물의 짧은 중앙 촉수가 땅에 입을 대고 잔뜩 모래를 빨아들였다.

-투!

그러더니 뭉쳐진 단단한 구슬 하나를 뱉어냈다. 구슬은 총알처럼 빠르게 날아가 도망가던 마물을 꿰뚫었다.

-투!

다음 구슬 역시 추가로 먹잇감을 즉사시켰다.

-키힉힉힉!

만족했는지 조개 구슬은 물거품을 뿜어내며 천천히 이동했다. 추가로 사냥한 먹잇감을 취하기 위해서였다.

모래를 중앙 촉수로 걸러서 단단한 구슬로 만들어낼 수 있구나. 놈은 능력이 정말 다양하다고 할 수 있었다.

흡수해 두면 용이하게 쓰이겠지.

쿠르르르르.

육중한 다리를 움직이기 시작했다.

그리곤 천천히 조개 마물에게 다가갔다.

-키힉힉!

탈칵!

내 움직임을 알아차리고 조개 마물이 털썩 입을 닫았다. 간교하게도, 내 덩치를 보고 승산이 없다고 판단해 웅크리는 것이었다.

-그그그그.

허나 나는 이미 놈을 대상 먹잇감으로 정했다.

분명 퀘스트는 놈을 능력 흡수 대상으로 추천했다.

그렇다면 피해가는 일은 없을 것이다.

쿠르르르.

두 손을 천천히 치켜들었다. 그리곤 최대한 힘을 불어넣어 세차게 조개 마물의 껍데기를 내리쳤다.

콰앙!

조개 마물의 껍데기에 조금 금이 가는 게 보였다.

당장은 불가해도 조금만 반복하면 껍데기를 깰 수 있겠다.

콰앙! 콰앙!

내 주먹이 부딪칠 때마다 조개 마물의 껍데기가 움찔거렸다.

-키예에에엑!

결국 안 되겠다고 판단했는지, 조개 마물이 입을 쩍 벌리며 전처럼 먹물 거품을 뿜었다. 계속 버티면 놈의 껍질만 깨지는 상황이라 한 번 싸워보자고 판단했나 보다.

쿠르르르. 척!

나는 먹물 속에서도 선명히 조개 마물을 볼 수 있었다. 거무스름하게 물든 시야 속에서, 내가 뿜어내는 파장이 놈의 큼지막한 윤곽선을 잡아냈다.

게다가 갑각 마물들과 달리 난 애초에 놈과 거리를 좁힌 뒤였다.

-키예에에엑!

뚜두둑!

놈이 뿜어내는 촉수를 다발 째로 잡아냈다. 그리곤 힘껏 잡아당겨 끊어버렸다.

다른 손으론 놈의 몸통 중앙에 주먹을 박아 넣었다.

콰작!

얼마나 파괴력이 강했는지, 그대로 조개 마물의 안쪽 살점이 다 터져버렸다.

끊임없이 뿜어져 나오던 먹물 거품이 뚝 멈췄다.

-그그그. 나쁘지 않네.

조개 마물이 모래를 걸러 단단한 구슬을 쏘기 전에 죽여서 다행이다.

혹시 모를 피해는 사전에 회피하는 게 좋을 것이다. 심해 골렘의 천적이나 약점을 나 스스로도 모르는 상태였으니.

이렇게 바다처럼 넓은 생태계라면, 상성까진 아니더라도 어느 정도 천적이 존재할 거라 예상했다.

-크에에에에.

[능력 흡수. 대상: 타겟.]

다 죽어가는 조개 마물의 능력을 흡수했다. 살점이 다 터졌다고 해서 즉사하진 않았다. 워낙에 조개껍질에 비례할 정도로 본체가 커서.

-능력 흡수 완료! D-급 먹물 분사 능력을 사용할 수 있게 됩니다!

-능력 흡수 완료! D-급 촉수를 사용할 수 있게 됩니다!

[능력 동기화 완료.]

-능력 흡수 완료! C급 암석 필터링이 가능하게 됩니다.

내가 보았던 조개 마물의 능력들을 고스란히 내 것으로 만들었다. 암석을 걸러서 구슬을 쏘는 능력은 흡수하지 못했다.

조개 마물의 고유 특성인 듯 했다.

쿠드드득.

이번에도 골렘의 신체가 약간 변형됐다.

등 뒤로는 3개의 원형 문양이 떠올랐다.

[촉수 활성화.]

쿠드득.

촉수를 활성화시키자 뚝뚝 끊어진 암석 덩어리들이 등에서 뿜어져 나왔다. 암석 조각들은 기이한 힘에 의해 하나로 연결된 모습이었다.

휘리릭!

촉수를 휘두르자 제법 매섭게 물보라가 일었다.

조개 마물의 것보다 더 단단하고 묵직한 촉수였다. 질긴 살점이 아니라 돌 덩어리로 이루어진 촉수였다.

-그그그.

그에 더해서 양 어깨에 각각 3개씩의 구멍이 생겼다.

[먹물 분사.]

콰르르르!

먹물을 뿜어내자 100m에 다다르는 육중한 내 몸체 전부가 검은 물거품에 가려졌다. 나중에 유용하게 사용할 수 있을 것이다.

-키흐으으윽!

조개 마물이 죽어가며 흐느끼기 시작했다.

죽음의 공포와 고통이 한꺼번에 몰려와 그럴 것이었다. 웃음소리만큼이나 소름끼치는 소리다.

-그으음. 뭔가 있군.

내 머리에서 뿜어져 나오는 파장이 조개 마물의 본체에서 뭔가를 잡아냈다. 매우 곡률이 좋은 동그란 물체였다.

-설마.

조개 하면 떠오르는 것이 진주 아닌가. 나는 호기심에 손을 뻗었다.

그러자 조개 마물이 미친 듯이 비명을 질렀다.

-끼야아아악! 제발! 그것만은 안 된다!

개의치 않고 조개 마물의 진주를 놈의 본체에서 뜯어냈다. 어차피 죽을 놈이다.

-그흐으음.

진주를 붙들고 있자 미묘한 기분이 느껴졌다. 그러고 보니 아까 조개 마물이 발사했던 구슬과 재질이 비슷하다.

파장을 통해 되돌아오는 텍스트 패턴이 거의 흡사하다고

볼 수 있었다.

−끼예에엑! 내려 놔라! 내려놓으란 말이다!

스으으으.

진주가 서서히 내 손에 스며드는 게 느껴졌다.

쿠드드득.

그러면서 온 몸이 꿈틀거리기 시작했다.

답답할 정도로, 호흡조차 없이 평온했던 몸이 불이라도 난 것처럼 뜨거워졌다.

매 번 반가우면서도 이제는 당연할 정도로 익숙한 감각이다. 나는 순발력 있게 권능 모드를 바꿨다.

[학습률4000%.]

콰드드득!

각성이 풀리며 몸이 6분의 1 크기로 줄었다. 그러면서 근육질의 몸체가 다시 소년의 몸으로 뒤바뀌었다.

−레벨 업!

−레벨 업!

아이러니하게 작아지자마자 다시 급속하게 몸이 커졌다. 진주를 흡수하며 골렘의 몸체가 마구잡이로 성장하는 것이었다.

−그하하하!

묵직하게 웃어재꼈다.

다른 마물을 잡아먹는 게 아니라 진주를 흡수해야하는 것이었구나.

그럼 내 천적은 조개 마물인 건가.

-크륵.

진주를 전부 다 흡수해냈다.

그러자 내 손 위엔 작은 새끼 마물 하나만이 남게 됐다. 충분히 성장하지 못한 새끼 마물은 심해의 수압에 노출되자마자 즉사했다.

이래서 조개 마물이 미친 듯이 발악했던 거구나.

진주는 조개 마물의 새끼를 보호하는 알 역할을 했던 것이다

-그그그그그.

어쩔 수 없다. 내가 성장하기 위해선.

혹시나 싶어 바닥에서 모래를 한 웅큼 집어 들었다.

[암석 필터링.]

쿠득.

암석을 걸러내자 진주와 비슷한 재질의 모래알 몇 개가 손에 남게 됐다. 나머지는 아주 미세한 입자가 되어 물속으로 흩어졌다.

-그흠. 이거구나.

분명 성장하긴 했다. 하지만 학습률4000%란 권능이 무색할 정도로 조금 성장했다.

현재로서 가장 확실한 성장 수단은, 조개 마물의 진주를 포식하는 것이란 결론이 나왔다. 직접 모래를 정제하면 남는 양이 형편없었다.

역시 심해 골렘도 성장할 수 있는 거구나. 전보다 훨씬 상황이 잘 풀린 거 같다.

계속 능력을 흡수하며 이젠 덩치도 불려야겠다.

"크롸아아! 카몬님! 맞으십니까!"

한참 전에 보냈던 주홍실이 스르륵 돌아와 내 몸에 스며들었다.

그러면서 내 이름을 부르짖는 샤크라가 심해 위쪽에서 보였다. 까마득히 위쪽에서 빛의 일부를 가리는 샤크라의 그림자가 보였다. 차마 심해로 내려오진 못하는 모습이었다.

-달텅! 샤크라를 선택했구나! 잘했다! 나쁘지 않은 선택이야!

"카몬님! 저는 차마 그곳으로 내려가지 못합니다. 죄송합니다! 현재 포식자 무리에 합류해서 생존하고 있습니다. 철갑 샤크라로 태어난 덕분에, 죽을 위기가 많진 않습니다. 굶어죽을 위기는 많아도 말이지요!"

-그래! 잘했다! 나도 아직은 이곳을 벗어날 수가 없다! 준비되면 다시 부르도록 하겠다. 그동안 41층의 정보를 최대한 많이 모으고, 너도 많이 강해지도록 하거라!

"분부대로 따르겠습니다! 41층의 주인이 될 분이시여!"

달텅은 보고를 마치고 다시 머나먼 위쪽으로 헤엄쳐 올라갔다. 무리를 놓쳐선 안 되겠지.

-그그그.

[능력: 먹물 분사 / 구강 빔 발사 / 암석 촉수 / 암석

필터링.]

현재 각성하지 않은 내 키는 약 40m 가량이었다.

[4성 각성.]

쿠드드득!

더 높아진 눈높이로 심해의 바닥을 걸었다. 다음 조개를 찾아내 다시 진주를 흡수할 것이다. 머지않아 눈높이가 심해 위로 상승할 거란 확신이 들었다.

무거워서 수영하지 못해도 상관없다.

17층 티탄 스컬보다 더더욱 거대해져서, 아예 키가 41층 천장에 닿을 정도로 거대해지면 된다.

4성 각성을 보유한 존재라면 가능한 일이었다.

꽤 오랫동안 걸어 다녀 추가로 3마리의 조개 마물을 제거했다. 두 놈은 30m 미만이었고, 한 놈은 길이가 50m에 달했다.

몸이 무거워서 달리는 것은 불가능했다.

쿠르르르.

그 결과 각성한 내 키는 300m에 달하고 있었다. 그야말로 심해를 걸어 다니는 육중한 거인이 된 것이다.

-그그그그.

"키야아악! 거인이다!"

"짓밟히기 전에 얼른 도망가자고!"

"저런 괴물이 어디서 튀어나온 거야!"

"심해잖아, 멍청아! 온갖 괴물들이 득실거리는 게 당연하지!"

"키야악! 무슨 바위산 만해서는!"

이제 웬만한 심해어나 갑각 마물들은 절대 내게 덤비지 못했다. 스치기만 해도 그들은 잔뜩 몸이 짓이겨지고 말았다.

덩치가 커서 조금만 움직여도 금방 눈에 띄었다. 단순히 걷는 것만으로도 주위에 물보라를 일으켰다.

때문에 조개 마물 역시, 땅속으로 파고 들어가는 것을 잡아내 껍질을 깨고 진주를 얻어내야 했다.

-그흐흐음. 한참 걸리네.

조개 마물 몇 마리를 잡아내는데 꽤 오랜 시간이 걸렸다.

이런 식이면 아무리 효율이 좋아도 빈도수 자체가 모자라 고속 성장이 어려워진다.

-그흐음.

침음을 흘려내자, 내 쪽으로 헤엄치던 한 무리의 심해어들이 화들짝 놀라 다른 쪽으로 방향을 꺾었다.

-그렇지.

사실 조개의 진주를 취하는 이유는 정돈된 암석을 흡수하기 위해서였다.

진주는 오랜 기간 누적되어온 정제 물질 응집체나 마찬

가지였다. 조개 마물에게는 새끼를 품는 알이겠지만.

진주를 흡수하는 게 그간은 훨씬 효율적이었다. 모래를 직접 정제하면 남는 정제 물질이 거의 없다시피 했었다. 손바닥으로만 정제했었으니.

하지만 거인에 필적하는 크기를 가진 지금은 어떨까.

쿠르르르.

거대한 손가락을 놀려 깊숙이 땅을 파기 시작했다. 아예 묻힌 상태로 몸의 전체 면적을 이용해 암석을 정제해볼 생각이다.

쿠르르르.

한참이나 심해 바닥을 파고 나서야 300m의 몸체를 지하에 묻을 수 있었다. 그나마도 웅크린 자세였다.

−그흐음.

머리만 내놓은 상태에서 난 능력을 활성화시켰다.

[먹물 분사.]

콰르르르.

혹시 몰라 내 모습을 가렸다.

머리만 바닥 밖으로 튀어나와있는 상태에서 기습을 당하면 곤란하다. 먹물을 뿌려놔야 다른 마물들이 위협을 느껴서 다가오지 않을 것이다.

최악의 상황엔 구강 빔이 있다.

[암석 필터링 활성화.]

사아아아아.

몸에 맞닿아있는 모래를 급속히 정제하기 시작했다. 빠르게 몸에 닿아있는 모래들이 물속으로 흩어져 사라졌다.

그러면서 검은 정제 물질만 몸속으로 스며들었다.

-아차.

오랜 기간 각성한 상태로 있어서 잊고 있었다. 각성을 풀어야 학습률4000%의 혜택을 볼 수 있다는 걸.

그렇다면 각성을 풀 경우 땅속에 묻히게 된다.

-상관없겠지.

어차피 심해 골렘은 호흡이 필요 없다. 땅속에 파묻히더라도 각성해서 다시 빠져나오면 되지.

[학습율4000% 선택.]

콰과과!

몸집이 줄자 빈 공간에 급격히 모래와 흙이 쏟아져 들어왔다. 예상대로 나는 몇 백 미터 지하에 갇힌 신세가 됐다.

말 그대로 자진해서 파묻힌 것이었다.

[암석 필터링 활성화.]

사아아아.

다시금 흡수를 시작했다. 사방을 감싸고 있는 모래가 빠르게 사라졌다.

부피가 크지 않아 빈공간은 금세 다른 모래로 매워졌다.

-그흐으음.

진주에 비할 바는 아니었지만, 연속적이라 성장 속도가 나쁘지 않았다.

나는 눈을 감고 계속해서 정제 물질 흡수를 진행했다.

이 갑갑한 땅속을 빠져나갈 때, 나는 더더욱 큰 거인이 돼 있을 터였다.

✧

몇 시간이 흐른 뒤 땅속을 빠져나왔다.

쿠르르르르.

각성하지 않았음에도 내 키는 700m에 달했다. 몸체가 바닥 밖으로 튀어나와 더 이상 효과적으로 모래를 정제할 수 없었다.

몸과 모래가 맞닿아 있어야 그만큼 많은 양을 정제할 수 있었다.

-그흐으음.

쿠르르르!

집체만한 손을 움직여 다시 땅을 파기 시작했다.

이번엔 1km 이상 파내서 몸을 묻어볼 생각이다. 심해라 땅을 파는 게 쉽지 않긴 했지만, 그만큼 내 골렘의 몸체는 힘이 셌다.

이제 태반의 심해 생태계가 내겐 너무나도 작아보였다.

-그흐으음.

카각.

한참 파내는데 손가락에 무언가 털컥 걸렸다. 단단한 바위인가 싶어 주먹을 치켜들었다.

깨트리고 계속 파낼 것이다. 다른 곳을 다시 파기엔 이제까지 파낸 구덩이가 아깝다. 수압과 매워지는 모래를 극복하고 깊이를 확보해놨는데.

콰과광!

바위를 주먹으로 내리찍었다. 그러자 단단한 바위가 쩌억 갈라지는 게 보였다.

-그우우우우웅!

그런데 바위에 금이 가자, 내 육중한 몸체가 흔들릴 정도로 강력한 진동이 울려 퍼졌다. 주변 땅이 진동하는 기세가 거의 지진에 필적할 정도였다.

-그그! 뭐지.

콰광.

결국 나는 넘어지고야 말았다. 더더욱 심해지는 진동에 도저히 몸을 가눌 수 없었다.

700m 거인이 힘들 정도였으니, 다른 심해 마물들에겐 가히 지옥 같은 재앙일 터였다.

쿠르르르.

땅을 내리친 후 벌어진 일이라 문득 추측이 가는 게 있었다. 일단은 계속해서 울려 퍼지는 진동을 버티는 게 먼저였다.

[4성 각성.]

콰르르르!

지진에 필적할 정도의 진동을 뿜어내며 나는 급격히 덩치를 불렸다. 이번 각성은 워낙 초월적이라 각성 도중 주홍빛 아우라를 뿜을 정도였다.

-그으으으.

내 시야 아래로 태산 같은 팔 두 개가 휘적거리는 게 보였다.

현재 키는 4km를 넘어가는 상태였다.

거무죽죽하던 심해가 조금 더 옅어지는 게 보였다.

거의 달텅이 대화를 시도하기 위해 헤엄쳐 내려왔던 지점과 눈높이가 비슷할 정도였다.

-그으으으으.

이제는 제법 계속되는 지진을 버틸 만 했다.

그래서 오히려 지진을 더 자극해보기로 했다. 화산이나 단순한 재해가 출처는 아닌 거 같았다.

울려 퍼진 포효로 볼 때 생물체일 가능성이 높다고 생각했다. 만약 그렇다면 매우 거대하겠지.

쿠르르르르.

공성무기를 초월하는, 성벽에 맞먹는 다리 한쪽을 치켜들었다. 그 때문에 물보라는 기본이고 부분적으로 해류까지 뒤바뀌는 현상이 보였다.

콰과과과과!

엄청난 힘으로 거대한 다리를 바닥에 내리찍었다.

-키예에에엑!

역시 내 예상이 맞았다. 땅에 발을 내리 박자 짜증스럽게 계속되던 지진이 뚝 멈추었다. 그러면서 전에 들었던 포효가 더 신경질적으로 울려 퍼졌다.

전엔 머리가 깨질 정도로 거대한 포효였는데, 각성 하고 들으니 그저 큰 정도였다.

이제야 짓눌리는 공포감이 사라진 것 같다.

콰르르르.

내가 서 있는 대지에서 급격히 먼지가 뿜어져 올라왔다.

쿠르르르르.

나는 미리 무거운 주먹을 치켜 올렸다.

가히 재앙에 필적할 만한 주먹이었다.

—크롸아아아아!

포효만으로도 먼지 사이로부터 충격파가 터져 나오는 게 보였다.

막대한 힘을 가진 소리는 힘차게 뿜어져 올라와 내 몸체를 때렸다.

하지만 살짝 흔들리는 정도였다. 나는 주먹을 거두지 않고 그걸 천천히 내리찍었다.

보이는 속도는 느렸지만, 실제로 품고 있는 힘은 가히 대지를 조각낼 만한 수준이었다.

콰과광!

땅에 닿기 전 주먹이 묵직한 무언가를 때렸다.

맹렬히 먼지 속에서 상승 중이던 괴물을 때린 것이었다.

-크롸아아아!

먼지를 헤치고 너비만 해도 몇 백 미터에 달하는 주둥이가 튀어나왔다. 한쪽이 찌그러져 있는 걸 보니 내 주먹에 제대로 맞은 듯 했다.

-그으으음!

최대한 빨리 팔을 움직여 괴물의 주둥이를 잡으려 했다. 역시나 괴물의 서열은 매우 높은 편이었다.

워낙 손이 무겁고 느려서 미처 놈의 주둥이를 못 잡을 뻔했다.

그 붉은 안광을 보고 있자니 악력이 보통이 아닐 거 같았다. 암석도 깨먹을 것 같은 예감이 들었다.

콰우우웅!

[구강 빔 발사.]

입에서 광선을 뿜어내 괴물의 얼굴에 구멍을 냈다.

그 때문에 잠시 괴물이 움찔하며 충격파를 동반한 비명을 내질렀다. 둘 다 거대하고 느린 만큼 파급력이 엄청나다.

콰드득!

마침내 내 산 같은 두 손이 놈의 주둥이에 도착했다. 강렬하게 움켜쥐니 손가락 일부가 괴물의 주둥이에 푹 들어갔다.

-크롸아아아아악!

폭풍 같았던 먼지가 걷히며 괴물의 정체가 서서히 드러났다.

놈은 심해에서 손에 꼽을 정도로 서열이 높은 마물이었다. 얼마나 오래 살아왔는지 가늠하기 힘들 정도였다.

과연 41층에 어울리는 무지막지한 괴물이었다. 몸체 길이만 수 킬로미터에 달할 정도.

뚜두두둑!

허나 그런 괴물도 각성한 내 손아귀를 벗어나진 못했다. 서서히 놈의 입을 찢으며 왜 심연의 목소리가 심해 골렘을 선택하라고 했는지 새삼 깨달았다.

쉽게 죽지 않는 만큼, 쉽게 다른 마물을 죽이기 힘든 게 심해 골렘이었다.

게다가 성장 효율 역시 매우 느려서, 보통의 경우엔 정말 까마득한 기간을 생존해야 눈에 띄는 성장을 할 수 있었다.

뿐 만인가.

헤엄을 못 치고 바닥에 가라앉아 있어서, 조개를 사냥할 수 있을 수준이 될 때까진 거의 쓰레기나 다름없는 존재였다.

자연 각성하지 않는 이상 본래는 암석 필터링 능력도 없을 테니.

하지만 뫼비우스 초끈을 가진 내겐 그야말로 최적의 그릇이었다.

–크헤에에에엑!

수 킬로 미터짜리 괴물의 힘이 서서히 약해지는 게 느껴졌다.

이미 내 시야는 완전히 붉어진 상태였다. 불쾌할 정도로 많은 피가 괴물에게서 뿜어져 나온 터라.

그래도 파장 덕분에 시야는 여전했다. 먹물이든 피든 내
겐 크게 의미가 없었다.

[퀘스트: 지하 심해어를 죽이기 전, 몸 내부로 들어가 보
물을 회수하라. 보상: 추가 레벨 업.]

-그흐으음. 보물이라.

지하에서 수없이 오래 살아온 심해어답게 놈은 뱃속에
뭔가를 숨기고 있는 듯 했다. 그간 셀 수도 없이 많은 존재
들을 삼켰겠지.

[4성 각성 해제.]

[먹물 분사.]

콰르르르!

먹물을 뿜으며 축 늘어진 심해어의 주둥이 안으로 뛰어
들었다.

몸이 무거운 탓에 각성을 해제하자마자 몸이 수직으로
하강했다. 그 하강하는 방향이나 지점을 조절해 곧장 괴물
의 목구멍을 넘을 수 있었다.

-그흐으음!

[촉수 활성화.]

카가가각!

3개의 촉수를 뻗어 목구멍 벽에 찔러 넣었다. 그래도
가라앉는 속도를 주체 못해 촉수는 그대로 괴물의 내벽을
수직으로 찢었다.

그나마 속도는 늦춰지는 거 같다.

-크헤에엑! 크뤠에에엑!

700m 크기의 돌덩이를 삼킨 게 고통스러웠는지, 힘이 빠졌던 괴물이 다시 발악하기 시작했다.

허나 나는 이미 놈의 몸속으로 들어온 상태였다.

놈이 할 수 있는 것은 없었다.

-그으으. 답답하군.

괴물의 내장 기관이 짓눌러대는 탓에 파장이 제대로 퍼지지 않았다. 그래서 힘으로 주변을 찢으며 앞으로 나가야 했다.

-크하아악!

내출혈이 시작되자 괴물의 피가 내가 있는 곳으로 쏟아져 들어왔다.

치이이익!

그러면서 그토록 단단하던 내 몸이 조금씩 녹기 시작했다. 놈의 장기 기관은 말할 것도 없었다. 대체 피가 얼마나 강렬한 상성인 건가.

이래서 괴물이 죽기 전에 보물을 찾으라고 했나 보다.

아무리 단단한 골렘의 몸이라도 아예 산성 피에 잠겨버리면 얘기가 달라진다.

-그으으음.

여차하면 각성을 해서 확 괴물을 찢고 탈출하면 된다.

일단은 인내심을 가지며 계속 앞으로 나아갔다. 그러자

그간은 소화되지 않은 크고 작은 물건들이 쌓여있는 곳에 도달했다.

콰아아아아.

곳곳에서 내출혈이 심해지고 있었다. 늦기 전에 보물을 찾아야지. 나는 급하게 나보다 큰 쓰레기 산더미를 뒤적거리기 시작했다.

쓰레기 더미를 계속해서 뒤졌다.

정말 온갖 종류의 폐물이 쌓여 있었다. 위층에서 오래 전에 떨어진 것으로 보이는 이질적인 종류의 쓰레기도 많았다.

─그흐으음.

어느새 산성 피가 발목까지 차오른 상태였다. 그에 따라 서서히 발 부분이 깎여나가는 게 느껴졌다.

아예 망가지지만 않는다면 이 괴물의 몸을 빠져나가서 회복하면 그만이었다.

─대체 어디 있는 거지.

스르륵.

내 몸에서 주홍실이 흘러나와 쓰레기 더미로 스며들었다.

그러면서 미세하게 반짝이는 주홍빛을 흘려내기 시작했다.

-그우우웅.

나는 힘을 내며 더더욱 열심히 쓰레기 더미를 파냈다. 구강 빔을 뿜어 접붙은 쓰레기를 절단하기도 하고, 까다로운 부분은 암석 촉수로 잘라내기도 했다.

콰르르르!

쓰레기 더미 일부가 내 위로 무너져 내렸지만 개의치 않았다.

파장을 뿜어내며 꾸준히 쓰레기 더미를 뒤졌다.

쿠드득.

그러자 마침내 주홍빛을 뿜어내는 물체에 도달할 수 있었다. 도저히 쓰레기 더미에 묻혀있었다고 믿을 수 없을 만큼 깔끔하고 멀쩡한 물건이었다.

콰르르르.

힘으로 쓰레기 더미를 떨쳐냈다.

그리곤 그 안에서 찾아낸 삼지창을 치켜들었다. 삼지창을 쥐자 손아귀로 다시 주홍빛이 스며들어왔다.

-그우우웅!

넘치는 힘에 포효를 내질렀다. 묵직한 괴물의 내장을 내 쩌렁쩌렁한 포효가 요란하게 두드렸다.

이제 더 이상 이 갑갑하고 더러운 곳에 머무를 이유가 없다. 산성피가 이제 검붉은 색을 띠며 무릎까지 차오른 상태였다.

[4성 각성.]

콰지직!

괴물의 몸속을 찢으며 급격히 몸을 불렸다.

다시 4km 크기가 된 나는 주홍빛을 흘리며 옅어진 심해의 윗부분에 눈을 맞췄다.

지진을 일으켰던 육중한 괴물은 어느새 큼지막한 여러 조각의 고깃덩이로 나뉘어진 상태였다.

-키히히힉! 포식이다!

-키샤샥! 이게 무슨 횡재람!

-저, 저 움직이는 바위를 봐. 가까이 가도 될까?

-우리 같은 것들은 너무 작아서 제대로 먹이도 안 될걸!

내가 어느 정도 거리를 두자 급격히 다양한 마물들이 괴물의 고깃덩이로 몰려들기 시작했다.

아마 이 구간에는 며칠 동안이나 잔치 같은 폭식이 계속될 것이다.

몰려든 마물들을 노리는 또 다른 포식자들도 꼬일 것이고.

-그흐으음.

내 관심은 오로지 삼지창에 머물러 있었다.

원래라면 각성한 내게 삼지창은 포크만큼이나 작은 요소여야 했다.

하지만 의외로 커진 지금에도 척 손에 감기는 무기였다. 내 몸이 커지는 것과 함께 같이 크기를 불린 것이었다.

매우 초월적인 금속으로 만들어져 있는 게 분명했다.

[충전률: 54%.]

치지지직!

감각을 불어넣자 삼지창에서 진득한 굵기의 번개가 뿜어져 나왔다. 단순히 거대한 무기가 아니었다.

마법 같은 전류까지 뿜어낼 수 있었다.

-그우우웅!

포효를 내지르며 삼지창을 치켜들었다.

"크랴아아! 저건 뭐지?"

"화산이라도 터지려나. 웬 번개가 저리 감돌아?"

심해의 경계면 위를 지나가던 포식자 무리가 보였다. 붉은 가시를 두른 1km 크기 정도의 괴물들이었다.

치지지직!

그들에게 시험 삼아 번개를 뿜었다.

"캬아아아악!"

"크랴악! 바위 인어가 우릴 공격한다!"

다섯 마리의 포식자는 적잖은 충격을 받았다.

허나 삼지창의 전류만으로 그들을 즉사시킬 순 없었다.

아무래도 삼지창 전류는 작고 다수인 마물들에게 더 적합한 거 같다.

"물어뜯어라!"

"바위라고 깨부수지 못할 거 같으냐! 캬아아아!"

다섯의 포식자가 물보라를 일으키며 달려들었다.

삼지창의 힘을 시험해볼 좋은 기회다.

쿠르르르.

물보라를 일으키며 삼지창을 쭉 뒤로 치켜들었다. 그리곤 힘차게 감각을 불어넣으며 삼지창을 앞으로 내질렀다.

콰각!

삼지창이 포식자를 꿰뚫는 것과 함께 물속에서 회오리가 형성됐다.

그 바람에 육중한 나머지 포식자들 역시 헤엄치다 말고 붉어지는 회오리에 휘말렸다.

"캬아아아악!"

"괴물이다! 심해의 괴물이야!"

"우리가 상대할 정도가 아니다. 우리라도 살자."

꿰뚫린 동료를 내버려 두고 거대한 포식자들이 황급히 도망을 쳤다.

나는 삼지창을 거두고 고개를 끄덕였다.

아직도 턱 없이 부족하긴 하지만, 그래도 삼지창 덕분에 골렘의 약점을 어느 정도 극복할 수 있게 됐다.

−그흐으음.

다시 암석 흡수를 진행하려는데 퀘스트가 내려졌다.

[퀘스트: 대형 조개 마물 서식지로 향하여 최대한 많은 진주를 흡수하라. 보상: 추가 레벨 업.]

흥미로운 패턴이다.

내가 처음 던전 1층에서 적응할 때만 해도, 퀘스트가 꽤 자주 주어졌었다. 마치 길 잃고 혼란에 빠진 날 인도하듯.

그러다 점차적으로 적응하고 자체적으로 생존 및 극복이 가능해지자, 퀘스트의 빈도수가 급격히 낮아졌었다.

-그흠.

헌데 심연의 목소리가 탈옥한 이후엔 다시금 잦아지고 있다. 역시 퀘스트 신호를 보내는 것은 그였다.

그래서 그간 의도가 느껴진 것이겠지. 게다가 요새는 점점 더 적나라한 퀘스트들이 주어지고 있다.

그래서 좋단 말이지.

쿠르르르.

주홍실이 흘러나와 한 방향으로 천천히 흘러갔다.

마치 내 육중한 몸의 속도를 배려하는 듯 했다.

나는 물보라를 일으키며 천천히 옅어져 보이는 심해 속을 걸었다.

굳이 사납게 굴지 않아도, 내가 걷는 길에는 심해의 공포가 늘상 울려퍼졌다.

한참이나 지나서야 조개 마물 서식지에 도달할 수 있었다. 멀리서 봐도 보일 만큼 빽빽하게 조개들이 모여 있는 곳이었다.

게다가 각성한 나보다 클 정도의 대왕 조개 역시 서식지 중앙에 자리를 잡고 있었다.

대왕 조개답게 무조건 큰 것 뿐 아니라, 조개껍질 안에 악마를 닮은 용머리를 품고 있었다.

-그흐으음.

저 곳에 있는 진주를 모두 흡수할 수만 있다면, 단번에 각성하지 않고도 심해 위로 눈높이를 올릴 수 있다.

그리 되면 손이 닿는 모든 대상보다 강력해질 것이다.

쿠르르르.

물보라를 일으키며 서서히 조개 마물 서식지로 다가갔다.

대왕 조개는 일단 조심해야겠다. 또 어떤 능력을 꺼내들지 모르니.

콰르르르르!

거대한 내가 다가가자 급격히 수 백의 조개 마물들이 먹물을 뿜어댔다. 그 때문에 안 그래도 어두운 심해의 일부가 더더욱 검게 변했다.

그래도 내 전진에는 무리가 없었다.

머리에서 뿜어져 나오는 파장이 선명하게 주변 환경의 윤곽을 잡아냈다.

-투!

-투, 투!

조개들이 정제해놓은 구슬을 쏘아보내기 시작했다.

틱, 틱.

매우 작아서 치명상은 아니었으나, 의외로 내 골렘 몸체가 상하기 시작했다. 딱 구슬의 부피 만큼 파이는 것이었다.

잦아질 경우 꽤 위험할 정도로 피해가 누적될 수 있었다.

[4성 각성 해제.]

콰아아아!

주홍빛을 번쩍 뿜어내며 단숨에 덩치를 줄였다. 마찬가지로 삼지창 역시 내 손에 맞게 크기를 줄였다.

치지지직!

나는 척 삼지창을 뻗어 전류를 뿜어냈다. 그러자 촉수를 느물거리며 여유롭게 구슬을 뱉던 조개들이 비명을 질렀다.

-끼예에에엑!

-끼야아아악!

조개 마물의 비명을 듣고 일제히 서식지 전체가 동요하기 시작했다. 그럼에도 조개 마물들답게 당장 격렬한 움직임을 보이진 않았다.

-투!

-투!

조개 마물들이 계속해서 구슬을 뱉어댔다. 아이러니하게 조개 마물과 나 모두 먹물 속에서 선명하게 서로를 볼 수 있었다.

치지지직!

날아오는 구슬에 전류를 뿌리면 다행히 구슬의 이동을 멈출 수 있었다.

계속 구슬을 막아내며 마침내 나는 작은 조개들에게 당도할 수 있었다.

콰직! 콰지직!

얼른 조개껍질을 닫은 녀석들을 깨부수었다. 그리곤 파장을 뿌려 곧장 완벽한 곡률의 진주를 뽑아들었다.

　−끼야아아악! 그만! 내놓으란 말이다!

조개 마물들은 하나 같이 발악하며 내게 진주를 돌려달라고 했다.

하지만 나는 무시하며 곧장 진주를 흡수해버렸다. 다음으론 삼지창으로 죽어가는 조개 마물을 마무리했다.

내버려두면 분노에 차서 계속 구슬을 쏘아보낼 테니까.

　−끼예아아악!

　−꺄아아악!

털컥, 털컥!

조개 마물들이 일제히 자세와 방향을 바꾸며 내게 중앙 촉수를 겨누는 게 느껴졌다.

한꺼번에 구슬을 난사하겠다는 것이었다.

그리 되면 각성을 푼 나는 금세 벌집이 되고 말 것이다. 아무리 골렘의 몸체라도 버틸 가능성이 낮았다.

　−투투투투!

여러 조개 마물들이 구슬 뱉어내는 소리가 들려왔다. 그간 느긋했던 맘이 철렁하는 게 느껴졌다.

뚜두둑.

급한 임기응변으로 방금 죽인 조개 마물의 껍데기를 뜯어냈다.

쿠르르르.

그리곤 몸을 웅크리고 조개 껍데기 뒤로 몸을 숨겼다.

틱! 티디디딕!

수백 발의 구슬이 조개껍질을 때리는 게 느껴졌다. 다행히 구슬은 조개껍질을 관통하지 못했다. 그저 겉만 열심히 긁는 게 느껴졌다.

-그흐으음.

되었다. 속도가 느려터져서 수백의 조개 마물을 상대할 자신이 없었는데, 이렇게 방패를 얻게 되니 길이 보인다.

쿠르르르.

몸을 웅크린 채로 천천히 앞으로 나아갔다.

조개 마물들은 포기를 모르고 계속해서 구슬을 쏘아보내고 있었다.

치지지직!

주변에 있는 마물들에게 전류를 뿜어냈다. 그러자 구슬이 쏘아지는 지점이 잠시간 흐트러졌다.

조개 마물들이 인지하는 시야가 전류 때문에 망가진 것이었다.

콰지지직! 콰직!

나는 연막탄처럼 전류를 뿜어내며 직접 손으로 주변 조개 마물들을 깨트렸다.

그리곤 유유히 진주를 뽑아먹고 다시 조개 껍질 뒤로 가 몸을 웅크렸다.

-끼예아아악! 죽여라! 죽이란 말이다!

-우리의 소중한 진주를 탐하는 놈이다!

-언젠간 껍질이 뚫릴 거야! 빨리 없애버려!

-끼야아아악!

조개 마물 서식지는 본격적으로 비상사태에 빠졌다. 점점 진주를 뺏기는 개체가 늘어가는 것이었다.

다행히 아직도 대왕 조개는 나를 노려만 보고 있었다.

티디딕!

끝내는 조개껍질에 금이 가는 게 보였다. 하지만 대체할 방패는 얼마든지 주변에 많았다. 거대한 조개 마물들을 제거한 탓에 자연스레 껍질 크기도 작지 않았고.

쿠드드득!

전류를 뿜어낸 뒤 다시금 조개 마물의 껍데기를 뜯어냈다.

결국 조개 마물들이 열심히 구슬을 쏘아 보낸 건 무의미한 일이 됐다. 언제라도 방패를 대체하면 되었으니.

-끼야아악! 계속 퍼부어라!

-그래 봤자 바위 거인 하나일 뿐이야!

그토록 말이 없던 음산한 조개 마물들이 한껏 말이 많아졌다. 허나 그들의 치명적인 공격 수단은 내게 전혀 통하지 않고 있었다.

쿠르르르.

차근차근 포식을 진행해 조개 마물 수십의 진주를 흡수했다.

그 결과 온전히 선 나의 키는 약 2km 정도였다.

-크아아아아! 내가 직접 나서야 하는 것이냐! 우리의 구슬 뱉기가 통하지 않는 괴물이 존재했을 줄이야!

마침내 대왕 조개가 뼈 꺾는 소리를 내며 움직이기 시작했다.

콰과과과!

놈의 몸체에서 수십 개의 거대한 촉수와 뱀머리를 가진 중앙 촉수가 뿜어져나오기 시작했다.

길이만 수 km에 달하는 무시무시한 공격이었다.

[4성 각성.]

나는 방패 뒤로 숨지 않고 마주 대응하기로 했다. 주홍빛에 휩싸이며 10km 이상 상승할 눈높이를 기다렸다.

눈높이란 참으로 미묘한 것이었다.

내가 커졌다고 느끼는 것보단 주변이 작아졌다는 느낌이 강했다.

그토록 위협적으로 보였던 대왕 조개가 이제 어느 정도 만만해 보였다.

척! 척!

대왕 조개의 질긴 촉수들이 내 몸을 휘감았다.

나는 즉각적으로 몸을 움직이기 시작했다.

기기기긱.

철근처럼 질긴 촉수들이 버티는 소리가 났다.

허나 나는 이제 움직이기 시작할 뿐이었다.

-그우우웅.

심해 위로 떠오른 시야와 심해에 잠겨 있는 몸통.

그야말로 오묘한 경험이 아닐 수 없었다. 얼핏 보면 머리만 둥둥 떠 있는 것처럼 보였다.

실제로 심해 위에는 더 많고 다양한 생물들이 가득했다. 파장이 진득하게 여러 개체를 잡아냈다.

어서 밝은 바다로 넘어가고 싶네.

뚜두둑!

아무리 질긴 촉수들이라도 쉽사리 내 힘을 버텨내진 못했다. 끝내 나는 속박을 풀어내는데 성공했다.

자유로워진 내 팔은 삼지창을 쥐고 있었다.

-키예에에엑! 갑자기 거대해졌구나! 일제히 구슬을 발사해라!

-끼야아아악!

조개 마물들이 한꺼번에 구슬을 쏘아보내기 시작했다.

허나 이제는 워낙 내가 커서 몸체 표면에 얇게 흔적이 남는 수준이었다.

콰르르르르!

삼지창을 휘둘러 다시 날아오는 대왕 조개의 촉수들을 잘라냈다. 덤으로 강력한 물보라가 일어나 촉수들을 쏘던 조개들 태반이 자리에서 뒤집어졌다.

-그우우웅!

쾅! 쾅!

일부러 조개 마물들을 짓밟으며 앞으로 나갔다.

콰지지지직!

-키야아아악!

그러면서 천천히 삼지창을 휘둘러 광범위하게 전류를 뿌렸다.

조개 마물들은 고통스러워하며 비명을 내질렀다.

허나 나는 아랑곳하지 않고 대왕 조개에게 가까워졌다.

-감히 어딜 다가오는 것이냐! 키야아악!

조개 마물들의 구슬 난사가 멈춘 상태에서, 대왕 조개가 중앙 촉수인 용머리를 쏘아 보냈다.

다른 촉수들과 달리 비늘에 둘러싸여 있는 모습이었다.

캉!

삼지창으로 막아내자 놈의 비늘과 내 삼지창이 번쩍이는 스파크를 튀겼다.

치지지직!

-키야아악!

대왕 조개가 용머리로 내 삼지창을 붙들려하자 전류를 뿜었다. 때문에 놈은 물러설 수밖에 없었다.

-뭣들 하는 것이냐! 빨리 구슬을 발사하라고! 심해 바다을 거덜 내서라도 이 괴물을 죽이란 말이다!

-키예에에엑!

물보라와 전류 때문에 끊겼던 구슬들이 다시 쏟아부어졌다. 허나 여전히 의미 있는 피해는 아니었다.

그저 온몸이 따끈거려 거슬리는 정도였다.

-그우우웅!

상체를 숙여 삼지창을 땅에 그었다. 단순한 동작이었지만 파급 효과는 엄청났다.

콰과과과!

심해 바닥이 일어나며 엄청난 양의 대지가 뒤집어졌다. 뒤집어진 대지는 그대로 성가신 조개들을 덮쳤다.

콰지지직!

한 차례 전류를 더 뿜자 완전히 뿜어지던 구슬들이 멈췄다.

크기가 그리 크지 않은 놈들은 더 이상 버티지 못하고 기절했겠지.

-키야아악! 안 된다! 우리 군집체의 미래까지 뺏길 순 없어!

쿠드득! 쿠드드득!

대왕 조개의 거대한 껍질이 일어나기 시작했다.

뼈 꺾이는 소리와 함께 대왕 조개의 몸통에서 수십 개의 다리가 흘러나왔다. 이번엔 그저 굵은 촉수가 아닌, 단단한 관절이 박힌 다리 구조였다.

서서히 대왕 조개가 일어섰다.

키가 거의 나와 동등할 정도였다.

-네 놈 때문에 수백 년간 이어온 작업이 중지되었다. 톡톡히 대가를 치르게 해주리라! 키야아아악!

이제까지 대왕 조개는 정제 물질을 얻어내느라 일어서지 않은 것이었다. 수백 년을 정제했다면, 분명 무시무시할 정도로 대단한 진주를 품고 있겠지.

다른 조무래기 조개 마물들을 전부 합쳐도 당해내지 못할 성장치를 품고 있을 것이다.

-키야아악!

거대한 대왕 조개가 육중하게 달려오기 시작했다.

그러면서 유독 긴 촉수에서 구슬의 재질과 비슷한 검은 발톱을 꺼내들었다.

분명 조심해야할 요소였다.

구슬의 상성을 지니면서도 충분히 나를 해칠 만큼 거대한 발톱이었다.

쐐애애액!

크기에 비해 괴이할 정도로 빠르게 발톱 촉수가 날아왔다.

나는 급히 삼지창을 치켜들었다.

카앙! 카앙!

삼지창이 대부분의 발톱 촉수를 막아주었다.

하지만 몇 개가 지나쳐 내 몸에 박혔다.

콰각!

-그우우웅!

저릿한 고통이 느껴졌다. 파장을 뿌려보니 놈의 발톱이 깊숙하게 내 몸에 파고들어온 상태였다.

콰지지지직!

－키예에엑!

전류를 뿜어 잠시 대왕 조개를 마비시켰다.

다음으론 한 손으로 내 몸에 박힌 촉수를 잡아냈다.

－이리 와라!

기기긱!

철근 구부러지는 소리가 나며 대왕 조개가 급격히 내게 당겨져 왔다.

당황한 놈은 용머리의 아가리를 쩌억 벌렸다.

－감히 어디에 손을 대는 것이냐!

쿠르르르!

놈이 보라색 먹물을 뿜어냈다. 이번엔 단순히 시야를 가리는 용도가 아니었다.

아주 지독한 독성을 품고 있는 듯 했다.

－그으으윽!

과연 예상대로였다. 몸집이 너무 커서 미처 빠르게 뿜어져 나온 독 거품을 피하지 조차 못했다.

발톱이 박힌 틈새로 지독한 독이 스며들어왔다. 사람의 몸으로 치면 칼로 쑤신 자국을 철수세미로 긁는 통증이었다.

빠르게 몸속이 부식되어 가는 걸 자각했다.

그그그그.

성급하게 반격하지 않고 몸을 웅크렸다.

그리곤 깊숙하게 땅속으로 발과 손을 박아 넣었다.

[암석 필터링 활성화.]

그동안 빠른 레벨 업은 물론 레벨 업 자체의 효과를 톡톡히 누려왔다.

레벨 업을 하면 몸이 완전히 최고의 컨디션을 회복하게 된다.

그리고 거대한 심해 골렘인 지금, 그 원리는 똑같이 작용했다. 내겐 거대한 몸체를 수리하는 게 그리 어려운 일이 아니었다.

스으으으으.

구멍 나고 독에 녹았던 온 몸이 금세 주홍빛을 뿜으며 회복됐다.

-대체 네 놈은 무엇이란 말이냐! 감히 이 몸이 일어섰는데도 이렇게 잘 버틸 수가 있다니! 전에 내가 일어났을 땐 주변 일대가 공포에 떨었거늘!

대왕 조개가 내 모습을 보고는 심히 당황했다.

레벨 업 회복 덕분에 놈의 발톱 촉수가 밀려나갔다.

콰지지직!

-네가 알 바 아니다!

전류를 뿜어내며 천천히 앞으로 전진 했다.

당연히 대왕 조개는 호락호락 당하지 않았다.

온 몸이 전류에 휩싸였음에도 필사적으로 촉수와 용머리

를 놀렸다.

콰각! 콰각!

그 때문에 다시금 어깨와 몸통 쪽에 발톱 촉수가 박혔다.

서걱!

이번엔 일부러 최대한 많이 몸을 노출한 것이었다. 삼지
창으로 뚝 발톱 촉수들을 잘라냈다.

-키야아아악!

대왕 마물이 고통이 절절한 비명을 내질렀다.

이것으로 놈의 발톱 촉수 태반을 절단시켰다.

반면 나는 태연하게 웅크려 몸을 회복시켰다.

심해 바닥에 가라앉은 상태니 좋은 점도 있는 것 같다.

서 있는 곳 대부분이 암석 필터링이 가능한 곳이었다.

-그우우웅!

즉사하지만 않는다면 언제든 회복이 가능하다. 학습률
4000%의 권능을 동시에 사용할 순 없지만, 워낙에 면적이
커 이제는 레벨 업을 할 정도로 흡수율이 높아졌다.

당연히, 10km 심해 골렘인 나를 즉사시킬 수 있는 존재
는 거의 없다시피 했다.

-키예에에엑! 좀 죽으란 말이다! 감히 이 몸보다 강한 마
물이 존재할 순 없느니라!

-심해 바닥에만 웅크리고 있으니 그리 생각하지!

끈질기게 앞으로 나아간 덕분에 마침내 대왕 조개에게
가까워질 수 있었다.

아무리 놈이 치명타를 입혀도 즉사가 아닌 이상 금세 몸을 회복할 수 있었다. 땅에 파묻혀 죽은 조개 마물들의 진주가 간간히 흡수되어 덩치까지 커졌다.

쿠르르르르.

-그우웅!

삼지창을 치켜들어 전류를 뿜어냈다.

-꿀러억, 크허어억.

대왕 마물이 이번엔 토악질하는 소리를 냈다.

뭔가 범상치 않은 걸 뿜어내려는 거 같았다.

나는 미리 준비를 했다.

이제까지와는 다르다. 단단한 골렘이라 되레 방심하지 않으려는 게 내 의도다.

거리가 가까운 상태라 마찬가지로 나도 조심해야했다. 즉사가 아니더라도, 치명타를 연달아 맞으면 위험할 수 있었다.

-100년의 세월을 네 놈에게 박아주마! 어디 이것도 끈질기게 회복해봐라! 캬아아아악!

텅! 텅텅!

대포를 쏘듯 거대한 구슬들이 뿜어져 나오기 시작했다.

[4성 각성 해제.]

나는 먹물을 뿜으며 몸을 웅크렸다. 각성이 풀리며 덩치가 급격히 작아졌다.

각성 해제를 회피에 사용할 수 있을 정도로 변화 속도가 빨랐다.

다행히 대포알만한 구슬들은 내 위를 쓸고 지나갔다.

-끼예에에엑! 아주 상체가 날아갔나 보구나! 끼하하하! 드디어!

대왕 마물은 갑자기 내가 작게 인지되자, 거대 구슬에 상체가 산산조각 났다고 생각했나 보다.

그러던 말던 나는 앞으로 다가가 조개 마물의 다리를 덥썩 잡았다.

-키야아악!

대왕 조개가 깜짝 놀라며 수십 개의 다리를 뒤틀었다. 그러면서 급격히 내 쪽으로 촉수를 뿜어 내렸다.

발톱 촉수는 대부분 거두어 내서 위협이 되지 않았다.

-이런 징그러운 괴물 같으니! 상체가 날아갔는데도 기어와서 나를 붙드는 것이냐!

콰가각!

나는 암석 촉수를 역으로 휘둘러 놈의 촉수와 내 촉수가 엉키게 만들었다.

-무슨!

이상한 낌새를 느끼고 대왕 조개가 뒷걸음질을 치기 시작했다.

하지만 이미 촉수가 엉킨 나를 떼어낼 순 없었다.

[4성 각성.]

뚜두두둑!

-끼야아아악!

엉켜진 촉수가 뜯겨지며 대왕 조개가 거대해진 내 몸에 깔려버렸다.

-그, 그만! 얼마든지 원하는 진주들을 제공하겠다! 나는 살려다오!

-네 진주도 주겠다는 것이냐?

-그, 그것만은 제발! 후대를 남겨야 한다! 수백 년간 공 들여온 일이야.

-안 된 일이다.

대왕 조개는 급격히 군집체 마물들을 내게 바치겠다고 제안했다.

하지만 단박에 거절했다.

고생스럽게 작은 진주들을 모아 먹는 것보다 큰 것 하나 를 흡수하는 게 나을 거 같았다.

나는 시간으로부터 완전히 자유롭지 않으니.

콰직!

-키야아아악!

마찬가지로 커진 삼지창을 대왕 조개의 용머리 주둥이에 박아넣었다. 그러자 붉은 물이 왈칵 내 몸을 덮었다.

-키야아악! 안 돼! 못 줘! 절대 안 돼!

대왕 조개가 컬컬한 비명을 토해내며 마구잡이로 발악을 했다.

다시금 육중해진 내 몸이 들썩거릴 정도였다.

하지만 이미 짓누르고 있어 별다른 변화는 없었다.

치지지직!

박혀 있는 삼지창으로 전류를 뿜어내자 대왕 조개가 심히 몸을 떨었다.

그 틈에 삼지창을 놓고 두 손으로 놈의 목덜미를 잡았다.

제 아무리 비늘들이 단단해도 통째로 몸을 뽑는 건 막지 못할 것이다.

우드드득! 쿠드득!

―끼야아아악! 그만! 차라리 내 진주만 가져가라! 나는 살려다오!

조개 마물이 마지막으로 자신의 후대를 넘기겠다고 했다. 자신이 죽는 것보단 낫다는 것이었다.

허나 이미 나는 마지막으로 힘을 준 상태였다.

거두기엔 이미 용머리가 거진 다 뽑힌 상태였다.

뚝!

기둥처럼 굵직한 용머리를 내 머리 위로 넘겨 던졌다.

그리곤 태양처럼 선명하게 잡히는 진주를 두 손으로 거머쥐었다. 지금 손에도 심히 작지 않을 정도로 큰 대형 진주였다.

[학습률 4000% 선택.]

이제 심해를 완전히 벗어날 차례다.

순전히 눈높이만으로.

제 아무리 위쪽 바다에 강력한 마물들이 많더라도, 내 손이 닿는 이상 버텨낼 재간은 없을 것이다.

한참이나 주홍빛 아우라에 휩싸여 침묵해야했다.

당장 인지되는 변화는 미칠 듯이 뻗어나가는 파장의 범위였다.

전보다 훨씬 넓고 깊은 단위로 41층 개체들이 인지됐다. 저마다 다양한 개성을 품고 있었지만 분명 뿌리는 10가지 종류의 마물이었다.

−그으으음.

거의 성장이 끝나가는 게 느껴졌다.

밤의 던전을 보면서 그간 여러 가지를 느껴왔다.

그 중 하나는 그릇의 수준과 차이에 대한 것이었다.

원래는 층이 상승하며 더 진화된 마물을 입는다고 생각했다. 하지만 그게 아니었다.

확실히 다른 각각의 마물들이 적응이나 성장 등을 통해 후천적으로 다양한 모습을 갖추는 것이었다.

즉 대진화는 없고 소진화, 즉 다소 빠른 적응 과정만이 그릇에 적용되는 듯 했다. 그렇게 보면 이들도 본래 각자의 생태계에 존재했던 마물들이 아닐까란 생각이 들었다.

여왕 거미가 말해준 버블이란 개념이 문득 떠올랐다.

쿠르르르르.

살짝 몸을 떠는 것으로도 물결이 요동치는 게 느껴졌다.

수 백 년 묵은 진주를 흡수한 덕에 난 각성하지 않고도 심해 밖으로 상체를 내놓을 수 있게 됐다.

이제 발바닥으로 암석 필터링만 해도 얼마든지 레벨 업이 가능할 정도였다.

-그으으음.

"샤라라라."

"캬이이익! 제기랄, 나 좀 내버려 둬!"

마침내 주홍빛 기운이 거두어지고 나는 성장을 멈추었다.

당장에 각성하진 않았다.

이미 잔뜩 시선이 몰린 상태였다. 그런데 각성까지 한다면 단박에 반경 수십 키로 미터의 관심을 독차지할 거 같았다.

"샤라라! 이리 와라!"

"키이익! 친구들을 잡아먹었으면 만족해야지! 이 악마!"

한동안 지켜보자 한꺼번에 몰렸던 관심이 급격히 사그라지는 걸 자각했다.

흥미롭게도 주변의 수 천 개체들은 더 이상 나를 자신들과 비슷한 마물로 인지하지 않았다.

내가 흘려내는 침음을 그저 바다의 파동이라 생각했고, 나를 조금씩 흔들리는 거대한 산 정도로 생각했다.

그들의 입장에서 생각해보면 이상한 판단이 아니긴 했다.

-그흐으으음.

반대로 나도 산처럼 가만히 있어도 충분할 만큼 엄청난 정보를 얻어내고 있었다. 파장에 잡히는 수천의 개체를 한꺼번에 인지하느라 적응 기간이 필요했다.

[카몬 – 41층 – 4위.]

심해 골렘으로서 단박에 성장할 수 있었던 건 뫼비우스 초끈의 권능이 조합된 덕분이었다.

아니면 대왕 조개에게 도전해, 대형 진주를 흡수하는 건 수천 년 뒤 일이 됐을지도 몰랐다.

-그흐으음.

내가 침음을 흘려내자 소리가 뻗어나가는 방향으로 해류가 바뀌는 게 느껴졌다.

수백의 해양 개체가 급격히 바뀐 해류에 한꺼번에 쓸려 나가는 게 보였다.

아래 층에서 뼈의 파도를 일으켰던 게 생각났다.

이제는 실제로 파도를 일으킬 수 있는 힘을 얻게 됐다.

쿠르르르르.

삼지창을 조금 움직여보았다.

치지직!

그리곤 아주 조금 전류를 흘려냈다.

마물들이 나를 산으로 인지한 덕분에, 그리고 내 파장 인지 범위가 너무 큰 탓에 적응하기가 너무 힘들었다.

수 천 개체가 계속 움직이며 말까지 하니 정신이 없었다.

"키야아악!"

"바위에서 번개가 뿜어져 나온다!"

"저 바위는 금으로 돼 있어!"

"크아아악! 몸이 불 탈 거 같아!"

그제야 마물들은 어두운 금빛으로 이루어져 있는 삼지창을 인지했다.

또한 살짝 흘린 전류에 심히 고통스러워하며 얼른 나로부터 멀어졌다. 그나마 개체 수가 많아 전류가 흩어져 생존한 듯 했다.

이제 맘만 먹으면 수천을 학살하는 건 일도 아니구나.

-그흐으음. 4위라.

이렇게 자연 재해 수준으로 강력해졌는데도 내 위로 셋이나 41층 개체가 남아있었다.

무작정 암석 필터링을 진행해 계속 크기를 불릴 수도 있었다.

하지만 이미 각성만 해도 41층 천장에 머리가 닿을 거 같았다. 이번엔 되레 과하게 커지는 상황을 조심해야할 거 같았다.

-그흠.

그럴 바엔 내 상위 개체를 찾아서 도전하는 게 낫다고 판단했다.

아래층과 마찬가지로, 상위 서열끼리는 힘의 격차가 아주 심하게 크지 않다. 그저 능력이나 특수한 감각 정도로 서열이 나뉘는 정도였다.

즉 권능을 사용하면 극복할 수도 있다는 것.

쿠르르르르.

나는 본격적으로 움직이기 시작했다.

차가운 심해 아래에서 하반신이 천천히 움직이는 게 인지됐다.

그에 반해서 조금 더 미지근한 위쪽 바다에선 팔이 쉽게 움직여졌다. 온도 뿐 아니라 수압과도 연관이 있는 듯 했다.

그 때문에 난 꽤 기괴한 자세로 이동 중이었다.

쿠르르르르.

그럼에도 내 몸 전체의 기괴한 자세를 볼 정도로 시야가 큰 존재는 없었다.

낮에도 분명 강력한 초인이었지만, 밤에는 이런 신화적인 수준까지 몸이 강해졌다.

41층이란 좁다면 좁고 넓다면 넓은 세계 안에서 이토록 강해지니 미묘한 기분이 들었다. 마치 그냥 이대로 머물러도 괜찮을 거 같다는 생각이 들었다.

상위 개체 셋의 능력을 흡수하고 각성한다면, 괴이한 보라색 유령 따위, 얼마든지 물리칠 수 있지 않을까.

-크흐으으음.

게다가 이곳은 물로 가득 차 있는 바다다.

나 정도의 힘과 크기라면 머지않아 41층 개체들에게 신화가 될 수 있다.

다양한 종족들이 있으니 군대로 부리기에도 나쁘지 않을 것이다.

그냥 머물까.

언젠가부터 신분상승하는 것이 조금씩 지치기 시작했다.

성장의 쾌락은 조금씩 무뎌졌고, 매 번 새롭게 시작하는 게 지치기 시작했다.

-그흐으으음.

[퀘스트: 명해의 삼군주를 굴복시켜라. 단, 죽여서는 안 됨. 보상: 추가 레벨 업 (+1000).]

오랜만에 무지막지한 보상이 내려졌다.

위로 상승하는 것에 나태해진 나를 달래는 듯한 느낌의 퀘스트였다. 그간은 상상도 할 수 없는 정도의 보상을 건 걸 보니.

레벨 1000 상승.

그야말로 41층의 절대자가 될 수 있다는 뜻이었다. 그 정도라면 위층에서 누가 오더라도 날 보호할 수 있지 않을까.

-삼군주라.

이번엔 몸속에서 주홍색 실이 흘러나오지 않았다.

그런 작은 실은 거대한 나를 인도하기엔 이제 너무 작고 빨랐다.

대신 나만 볼 수 있는 머리통 파장의 한 부분이 유독 진해졌다. 마치 나침판의 바늘 같이 느껴졌다.

쿠르르르.

나는 파장이 인도하는 곳으로 걷기 시작했다.

그러면서 아름다운 41층 생태계에 감탄할 수밖에 없었다.

정말 다양한 개체들이, 상당히 균형이 맞춰진 먹이 사슬을 형성하며 서식하고 있었다.

아래층의 자기장 트랙처럼, 강제로 개체 수를 조절하지 않아도 될 만큼 조화로웠다.

-그흠.

미묘한 기분이 들었다.

마치 던전이 인공적으로 만들어진 거 같은 인상을 받았다. 전에도 그러긴 했다.

하지만 바다만큼 넓은 파장을 통해 다양한 장면을 한꺼번에 인지하니 더더욱 그러했다.

-버블.

이상하게 닮았다.

버블은 틈새 하나하나가 소수 유사 개체를 포함하기 위한 인공 생태계였다. 당장 겉으로 보면 그럴싸했지만.

그렇게 보면 던전의 각 층도 미묘하게 개념만큼은 닮아 있었다.

단지 규모나 운영 조직력 면에서 밤의 던전이 월등하다고 할 수 있었다.

버블을 만들었다는 심연의 군주. 그리고 내가 밤의 던전에서 계속 마주하는 심연의 목소리.

둘은 같은 존재인 걸까.

아니라면 더더욱 상황이 복잡해지는데.

스으으으.

-그흠.

바다를 걸으며 간간히 전류를 뿌렸다.

파장에 들어오는 개체가 수천에 달하면 정신이 아파오기 시작했다.

내가 계산하고 처리할 수 있는 개체들이 너무 많아졌다는 뜻이니.

그렇게 해야 적절히 41층 생태계를 감지하며 보행을 계속할 수 있었다. 당연히 이동 중 나를 위협하는 존재는 없었다.

대부분은 날 천천히 움직이는 환경 요소 정도로 생각했고, 날 인지할 만큼 큰 개체들은 헐레벌떡 겁을 먹고 공포에 질려 도망쳤다.

-파시시시시.

-파시시.

-파시시. 전방 11시에 이상 개체 발견. 비이성적으로 거대한 존재임.

-파시시. 전달 받음. 과하게 거대한 존재임이 확실함. 기존에 감지하지 못한 존재.

-파시시시. 다가오고 있음. 전달.

-파시식! 전달 받음. 비상사태. 개체 크기나 정보도 면에서 신속한 대응이 필요할 것으로 요망됨!

-파시시시. 전달.

계속 파장이 강조하는 방향으로 이동하자 흥미로운 생태계를 마주했다.

한순간 개체수가 적어졌다 했더니, 저들의 영역에 들어서서 그런 것이었다.

-그흐으음.

-파시시시. 기이한 소리 신호 감지! 전달!

내가 도달한 곳은 해파리 마물들의 거대 군집체였다.

오면서도 간간히 모여 있는 해파리 마물들을 만나긴 했지만, 이번 생태계는 그 규모가 가히 수십만에 달했다.

조개 마물 생태계보다도 월등히 대단한 생태계였다.

계속 뻗어나가서 닿는 파장 너머로 더더욱 **빽빽한** 해파리 마물들이 보였다. 내가 심해 골렘으로서 신화적인 기분을 만끽하지 않았다면, 진즉에 공포에 질려 정신이 깨질 법한 광경이었다.

-큰일이군.

퀘스트는 삼군주를 굴복시키는 것이었다.

그것도 그들을 죽이지 않고 말이다.

그 중 하나가 해파리 마물들의 군주인 듯 했다.

대체 수십만의 개체를 거느린 군주를 어떻게 굴복시키라는 것일까.

-그흠.

-파시시! 전달 완료! 중앙 구역으로 전달! 중요 정보 승인.

분명 내 파장에 수천의 개체만 잡혀도 정신이 힘들어지긴 했다. 하지만 아이러니하게 해파리 마물들은, 아무리 파장이 수만을 한꺼번에 잡아내도 정신이 힘들지 않았다.

절대 대다수가 가만히 죽은 것처럼 제자리에 떠 있었기에. 침묵하며 말이다.

오로지 일부 해파리들만 군집체에 관련된 정보를 퍼나르고 있었다. 마치 컴퓨터의 반도체처럼, 순서대로 한 해파리 마물이 다른 마물에게 전기 신호로 정보를 전달했다.

ㅡ그흐으으음.

ㅡ파시시! 정지! 전방 개체에게 명령한다! 더 이상 다가오면 공격한다!

ㅡ파시시! 중앙 구역으로부터 대응 공격 허가 받음!

ㅡ파시시시!

내가 가까이 다가가자 일제히 해파리 군집체 일부가 전류를 띄기 시작했다. 그러면서 위협적으로 내게 촉수를 치켜세웠다.

ㅡ그흐으음. 너희들의 군주를 만나고 싶다.

내가 내뿜은 소리에 일부 해파리 마물들이 떠밀려 날아갔다.

그래도 금세 해파리 마물들은 대열을 회복하며 내게 적대적인 신호를 보냈다.

ㅡ정지! 그 분을 만나는 것은 금지돼 있다!

ㅡ대 사냥 때만 모습을 드러내는 위대한 분이다!

-파시시! 개체 비 확인된 존재는 접근이 불가하다!

-파시시시! 중앙 구역의 통보. 당신은 군집체에 들어서 자격이 없다!

군집체는 계속해서 나를 쫓아내려 했다.

하지만 애초에 군주를 만나지 조차 못하게 한다면, 당연히 나는 퀘스트를 이루어낼 수 없다.

이쯤 되면 알 수밖에 없다.

이제 중요한 것은 퀘스트 보상이 아니라, 퀘스트로 이루어내는 과정임. 퀘스트 보상은 동기부여 수단일 뿐이었다.

심연의 목소리는 층 사이에서나 퀘스트로 내게 소통을 시도했다. 현재까지는 그 지령들을 따라서 무지막지하게 대단한 결과들을 얻어냈다.

언젠간, 반항하기 시작할 수도 있다.

하지만 이제 막 의도를 드러내려는 심연의 목소리와 곧장 대항하긴 싫었다.

아직 그럴 힘도 없었고.

-나는 들어간다. 나를 막지 않는 게 좋을 것이다.

웅장한 소리를 뿜어내며 빽빽한 해파리 마물들 사이로 들어섰다.

정 위험하다면 팔다리를 휘둘러 물보라를 일으킬 것이다. 그런 뒤 삼지창을 휘두르면 도망칠 시간은 넘치도록 확보할 수 있을 것이다.

분명 내 몸체는 암석으로 이루어져 있긴 한데 말이지.

파지지지지직!

파지지직!

-파시시! 침입자를 소멸시켜라! 중앙 지역에 2단 비상 신호 전달!

-파시시! 전달! 공격!

일제히 해파리 마물들이 **빽빽**한 전류를 쏟아 붇기 시작했다.

-그허허허허.

나는 묵직한 침음을 흘려내며 앞으로 나아갔다.

아주 조금도 피해가 오지 않았다.

차라리 조개 마물의 정제된 구슬이 나을 정도였다. 그건 따갑기라도 했으니까.

콰지지직!

게다가 삼지창이 신이 나서 해파리 마물들의 전류를 **빨**아들이고 있었다.

나는 묵묵히 앞으로 나아갔다.

수십만의 해파리 마물들도 내게는 무용지물이었다.

계속해서 수만 마리의 해파리 마물들을 헤치고 나갔다. 워낙 마물들이 **빽빽**하게 대열을 형성하고 있어, 마치 끈적끈적한 원액을 헤집는 기분이었다.

크기와 힘으로 꾸역꾸역 빽빽한 해파리 마물들을 밀어냈다.

파지지직!

-파시시! 전류 강화! 총 공격!

-파시시시! 필히 소멸시켜라! 안으로 들어가게 하지 마!

-인지되는 피해 전혀 없음! 중앙 본부에 전달!

쿠르르르.

굳이 난 반격조차 하지 않고 그저 해파리 마물 군집체의 중앙을 향해 나아갔다.

부단히도 수천의 마물들이 주변에서 전류를 쏘아 댔지만, 아무런 피해도 입지 않았다.

그저 시야만 번쩍거릴 뿐이었다.

-파시시! 그물 망 전격 망 형성!

-완료! 전류 주입 강화!

파지지직!

안으로 들어갈수록, 해파리 마물들의 크기와 전격 강도 역시 커졌다.

그 외에도 다양한 합동 공격을 통해, 재빠른 소통이 가능한 군집체 다운 공격을 펼쳤다.

느긋하게 말하자면, 감상하는 재미가 있을 정도로 아름답고 화려한 협동 공격이 펼쳐졌다.

-그흐으음.

여전히 내겐 아무런 피해도 없었다.

나는 계속해서 앞으로 나아갔다.

급격히 해파리 마물들이 강해지는 걸 마치 남 일이라는 냥 감상했다.

그러다 척 삼지창을 치켜들었다.

이대론 안 될 거 같았다.

콰과과과과!

한 번 크게 삼지창을 휘두르자, 빽빽하게 뭉쳐있던 해파리들이 한꺼번에 조각조각 터져나갔다.

−파시시시!

콰지직!

짧게 삼지창에서 전류를 뿜어보았다.

그러자 넓게 흩어진 해파리 마물들 태반이 순식간에 흐릿한 액체로 분해돼버렸다.

그만큼 내가 제대로 뿜어낸 전류는 강력한 재앙이었다.

−아무리 막으려 해봤자 죽음만 있을 뿐이다! 너희들의 군주에게 나아오라고 해라! 안 그러면 이제부턴 죽음뿐일 것이다! 더 이상 참아주지 않을 것이야!

웅장한 포효를 뿜어냈다. 그에 주변에 있던 해파리 마물들이 조금씩 사방으로 밀려나갔다.

해파리 마물들은 군집 단위로 조금씩 움직이며 나를 중앙 지역으로부터 격리시키고 있었다.

시끄럽게 공격을 퍼붓는 건 임시적인 교란이었다.

서로 소통이 분명하고 빠르게 오가기에, 군집체 전체가

움직일 수 있는 것이었다. 계속 움직이며 공격하면 날 녹일 수 있다고 판단했겠지.

굳이 그런 상황이 오지 않더라도, 시간 자체가 아깝다.

-당장 군주는 나아오라!

파지지직!

계속해서 삼지창을 휘두르고 전류를 뿜어댔다.

그러자 급격히 해파리 마물들이 동요하기 시작했다.

단순히 집중 공격이 먹히지 않는 것 뿐 아니라, 이제는 자신들이 백에서 천 단위로 학살을 당하기 시작했으니.

이젠 견제하며 군집체를 움직이는 것으론 충분치 않을 것이다. 매순간이 엄청난 손해일 테니.

-파시시시! 전달체 형성!

-파시시! 형성!·전달 완료!

-파시시시! 임시 소형 군집체 형성!

파드득, 파득! 파드득!

나는 광폭하게 휘두르던 삼지창을 잠시 거두었다.

그런 뒤 해파리 마물들이 새롭게 드러낸 기이한 패턴을 감상했다.

해파리 마물들은 오묘한 전격 신호를 주고받으며 한 데 뭉쳐들고 있었다. 그러면서 점점 징그러울 정도로 큰 모양을 형성하기 시작했다.

-그흐으음.

나는 천천히 삼지창을 치켜들었다.

여차하면 단번에 삼지창을 내질러 소형 군집체를 터뜨릴 생각이었다.

허나 이제까지 당해본 걸 생각하면, 제 아무리 뭉쳐들더라도 그다지 위협적인 전류를 뿜을 거 같진 않았다.

-파시시! 정지! 소통 시도!

-파시시시! 거대 침입자와 소통 시도! 침입자는 대기하라!

-파시시! 8할 완료!

-그흐으음. 소통 시도라.

뭉쳐드는 해파리 마물들은 서서히 하나의 형태를 갖추어 가고 있었다. 다름 아닌 거대한 사람의 얼굴 형태를 드러내기 시작했다.

게다가 뭉쳐든 얼굴 형태 뒤로는, 빽빽하게 다른 해파리 마물들이 연결 고리를 형성하고 있었다.

좀 더 비범한 신호를 전달하려는 거 같다.

공격 준비라도 상관없다.

아직 난 각성조차 하지 않은 상태니까.

그우우웅.

내 침음과 맞먹을 정도로 중후한 진동이 뿜어져 나왔다.

걱정한 대로 공격하려는 태세는 아니었다.

해파리 마물들로 이루어진 거대한 얼굴이 꿈틀거리며 눈을 떴다.

그러자 전류로 가득 찬 위협적인 안광이 모습을 드러냈다.

-너는 누구인가. 아무리 거대하더라도, 내 군집체와 홀로 전쟁을 벌일 정도라니. 과연 놀랍구나.

-네가 이 군집체의 주인인가.

-그러하다. 짐은 전격 마물들을 통솔하는 레바이탄이니라!

레바이탄은 내 대응을 전쟁이라고 묘사했다.

하지만 내 입장에선 느긋하게 반격을 수차례 시도한 것뿐이었다.

다행히 레바이탄은 그것에 진즉 위험을 느끼고 반응을 보여 왔다. 그마저도 직접 모습을 드러낸 게 아니라 해파리들을 뭉쳐 의사 전달체를 만들어냈다.

-원하는 것을 말하라! 네 소원을 들어줄 테니. 지나가길 원한다면 길을 내어줄 것이고, 군집체의 영역에서 얻고 싶은 것이 있으면 구해다줄 것이다.

-꽤 파격적이군. 네 입장에선 말야.

-물론이다. 마땅히 강한 존재에게 보여주는 자비니라.

레바이탄은 어떻게든 체면을 지키려 했다.

하지만 나와 레바이탄 둘 다 모르지 않았다.

철저히 내가 유리한 입장이라는 것.

몇 시간만 지나도 난 레바이탄의 세력을 초토화시킬 수 있었다.

번거로울 뿐, 절대 불가능한 일이 아니었다.

-말장난은 그만하지. 내가 원하는 것은 간단하다. 내게 굴복하고, 충성을 맹세하라!

콰지지직!

레바이탄의 얼굴이 안광에서 번개를 뿜었다.

그러면서 불쾌하다는 듯 무의미한 번개로 나를 후려쳤다.

－크하하하! 미개하고 무지하구나! 감히 움직이는 돌 거인인 네가 해왕(海王)이 되겠다는 것이냐! 짐이 오랫동안 기다려온 왕좌를 감히 군대도 없이 차지하겠다니.

－굳이 군대까지 필요 없어. 삼군주의 머리를 터뜨려 버리면 되니까 말야. 너도 끝내는 날 막을 수 없단 걸 알 텐데.

－크하하하!

레바이탄은 내 말에 번개를 동반한 웃음을 터뜨렸다.

그럼에도 곧장 반박하지 못했다.

그저 군집체에 보여주기 위한 억지스런 여유를 부리는 것이었다.

－좋다. 그럼 제안을 하지.

－말해 보거라.

레바이탄은 계획이 생겼는지 제안을 하나 했다.

일단은 들어보기로 했다. 나로써도 계속 맞서는 것은 불편한 선택지였기에.

－네 말대로, 넌 맘먹으면 내 군집체에 많은 피해를 입히고, 언젠간 나를 쫓아올 수 있을 것이다. 하지만 네 생각보다 아주 긴 시간이 될 거야.

-그런가. 도망갈 자신은 있나 보군.

-이제까진 집중 요격 태세였지만, 군집체로 자체 교란 태세에 진입하면 너도 꽤 골머리를 앓을 것이다. 아무리 학살 능력이 대단해도, 널찍이 퍼진 내 군집체를 전부 따라잡을 수 있을까? 이 층이 얼마나 넓은지 알 텐데.

-그흐으음. 그래서?

레바이탄은 제법 머리를 잘 굴린 듯 했다.

해파리 마물들이 끊임없이 전달한 정보로 제법 그럴싸한 판단을 내렸다.

최강의 힘을 지니게 된 내게도 여전히 약점은 존재했다. 바로 거대한 만큼 느리고 무겁다는 것.

레바이탄 말대로 넓게 퍼져, 소수의 희생을 반복한다면 반영구적으로 상황을 지연시킬 수 있을 것이다.

그리 되면 내 손해도 적지 않았다.

-크하하하. 역시 생각은 몸짓처럼 느리지 않나보군. 좋다. 제안하지. 어차피 내게 도달해도 너는 내 정신 타격을 버텨내야 할 것이다. 그래야 날 죽이던 굴복시키던 하겠지.

-그래서?

-내 정신 타격을 원격으로 버텨보아라. 그리고도 멀쩡하다면 인정하지.

-그 공격을 버텨내면 네게 도달했을 때, 확실히 널 죽일 수 있다는 뜻이 되니까 말이지?

-그렇다, 크하하하!

한 마디로 레바이탄은 내기를 제안하고 있었다.

자신의 비기를 가만히 맞아보고 버텨보라는 것이었다.

나는 잠시 머리를 굴렸다. 아래층에서 얼굴을 여러 개 가진 바퀴벌레 마물들을 마주한 적이 있다.

여러 개의 인격을 가진 그들도 정신계 공격을 사용했지.

결코 만만하진 않았지만, 버틸 만 했다.

레바이탄의 것도 그러지 않을까 기대했다. 그간 신분상승하며 쌓아온 정신력이 있었으니.

─좋다. 잠시 시간을 다오.

[4성 각성.]

급격히 몸을 웅크리며 각성을 활성화시켰다. 몸집만 커지는 게 아니라, 정신력도 강해지지 않을까 하는 기대감이었다.

나는 더더욱 거대해져 크기를 가늠할 수 없는 수준에 다다랐다.

쿠구구구구.

이 상태에서 일어나면 곧장 41층 천장에 머리가 닿겠지.

─자, 준비 됐다.

레바이탄의 말은 틀린 게 아니었다.

찬찬히 생각해보면 굉장히 효율적인 제안이었다. 해파리 마물 군집체의 끈질긴 견제를 뚫고 겨우겨우 레바이탄에게 도달한다 해도, 결국 레바이탄은 숨겨놓은 비기를 꺼내들 터였다.

정신 공격이라면 굳이 직접 상대한다고 내가 유리해지는 것도 아니었다.

매도 먼저 맞는 게 낫다고, 어차피 극복해야할 비기라면 원격으로 지금 이겨내는 게 낫다고 판단했다.

-크하하하! 정말 거대한 만큼 겁도 없는 개체로구나. 오래 산 나조차 처음 보는 종류야. 시작하겠느니라.

퉁!

해파리로 이루어진 레바이탄의 얼굴이 선명하고 얇은 전류를 쏘아 보냈다.

그것은 여타 다른 평범한 전류와는 차원이 다른 요소였다.

특수한 전류는 금세 파장을 뚫고 들어와 내 머리통 속으로 스며들었다.

금세 나는 시야를 잃었다.

-굴복하라. 위대한 레바이탄 앞에 굴복하라.

눈을 뜬 나는 어느새 모래알처럼 작아진 상태였다.

반면 레바이탄은 팔과 다리를 수십 개씩 가진 거대한 괴물 형상을 하고 있었다.

그 쩌렁쩌렁한 음성에 작디작은 내 몸이 찢길 거만 같았다.

-어림없지.

그럼에도 눈에 보이는 광경을 곧장 믿지 않았다.

공포를 인지하려는 감각 자체를 부정했다.

굉장히 이질적인 기분이 느껴졌다.

이미 꿈을 꾸며 밤의 던전에 존재한다.

그 상태에서 정신 공격을 통해 한 겹 더 깊숙이 들어오니, 더더욱 실제 감각과 멀어진 기분이었다.

그래서 쉽사리 레바이탄을 거부할 수 있었다.

-허!

-소용없으니 어서 끝내라!

-키야아악! 1000년간 고문해도 버틸 수 있을까!

레바이탄이 징그럽게 수 십 개의 팔을 치켜들며 달려들었다.

이번에도 처음엔 움찔했지만 끝내 기세를 회복했다.

정신 속 세계라는 걸 이미 분명히 인지하고 있다. 다른 마물들과 달리 눈에 보이는 걸 의심할 정신력을 갖추고 있었기에.

-찢어 먹으리라! 녹여 먹으리라! 전기에 불태워 죽여주겠다! 키히히히힉!

레바이탄은 나를 겁먹게 하려고 부단히도 애를 썼다.

분명 레바이탄의 징그러운 손길이 나를 만지는 걸 느꼈으나, 작디작은 내가 결코 쉽게 찢기진 않았다.

나는 묵묵히 거대한 놈을 올려다보았다.

-허! 이렇게 독할 수가! 정말 지독하구나!

잠시 레바이탄이 흐릿해졌다.

그러면서 원래 심해 골렘의 파장 시야가 조금 되돌아왔다.

-그흐으음!

나는 미묘하게 걸리적거리는 파장 중 일부에 감각을 밀어 넣었다. 그러자 내 머리통 속에 스며들어오던 특수 전류가 약해지는 걸 느꼈다.

레바이탄의 공격을 쳐낼 기회였다.

-그흐으음!

더더욱 파장에 감각을 집중하자, 피부에 박힌 가시가 밀려나가듯 레바이탄의 전류가 방출됐다.

-크하하아악!

텅!

불편한 전류에 휩싸인 레바이탄의 얼굴이 한 차례 터졌다.

파드득, 파득!

잠시 후 다른 해파리 마물들이 제2의 레바이탄 얼굴을 형성했다. 놈의 안광은 훨씬 순해진 모습이었다.

-그래, 인정하겠다. 네가 끈질기게 나를 쫓아온다면 끝내는 명을 부지하지 못하겠구나. 군주로서 내건 약속은 지키지.

콰지지직!

수십만 해파리 군집체 전체에 동일한 신호가 울려 퍼졌다.

-돌 거인에게 내 충성을 맹세한다! 나와 내 군집체는 저분의 명을 따른다!

순간 천장을 향해 충성을 뜻하는 전류가 한꺼번에 솟구쳐 올랐다. 나는 벅차고 화려한 광경 속에서 고개를 끄덕였다.

-그흐으음.

[능력 흡수. 대상: 타겟.]

해파리 마물의 능력을 흡수해 전기 정보 전달 능력을 터득했다.

파장이 새로운 방향을 가리키기 시작했다.

두 번째 군주를 굴복시킬 차례다.

각성을 푼 상태에서 파장이 가리키는 방향으로 걸어갔다.

이번에도 꽤 많은 시간이 흘렀다.

아무리 보폭이 크더라도 원채 걸음이 느리고 41층 생태계가 거대했으니.

"캬바바박!"

"크아! 이리 오거라!"

"캬바바박! 계속 도망치며 널 굶겨 죽일 거야. 난 그럴 자신이 있어!"

걷는 도중 무료함을 달래주는 것은 다양한 41층 생태계의 경관이었다. 마치 이색적인 스노클링을 경험하는 기분이기도 했다.

매우 이색적이란 게 차이라면 차이였지만.

-그흐으음.

두 번째 군주에게 향하는 도중 유독 내 눈을 사로잡는 한 쌍을 보았다.

갑각을 두른 오징어와 상어를 닮은 포식자 마물의 추격전이었다. 이번엔 단순히 보기에 흥미로워서 보는 것이 아니었다.

나를 도울 법한 실질적인 효용성을 발견해서였다.

"캬바바박!"

"크아아! 반드시 네 놈은 갑각 째로 씹어 먹어줄 것이다!"

포식자는 몸에 나 있는 줄무늬 외에는 딱히 특별한 게 없었다. 반면 갑각 오징어는 부스터를 사용하듯 몸에서 물거품을 쭉쭉 뿜어냈다.

덕분에 포식자의 수영 속도가 꽤 빨랐음에도 결코 갑각 오징어 마물을 따라잡을 수 없었다.

반면 오징어 마물은 여유를 부리며 자신 있게 포식자 마물을 조롱했다. 그마저도 일부러 물거품을 적게 뿜으며 거리를 조종하는 것이었다.

더더욱 조롱하며 기운을 빼기 위해서.

쿠르르르.

나는 거대한 암석 촉수를 움직이기 시작했다.

천천히 쫓고 쫓기는 한 쌍의 마물들에게 촉수를 뻗었다.

척!

"크악!"

"캬바박! 이게 무슨!"

갑각 오징어 마물과 포식자는 화들짝 놀라고 말았다. 거대한 바위 촉수가 자신들을 강력하게 붙들었기 때문이었다.

－그흐으음.

"카바바박! 뭐야! 설마 이 돌덩이가 살아있는 건가!"

"저기 저 산에 연결돼 있다!"

우습게도 포식자와 오징어 마물은 서로 상황을 주고받고 있었다. 방금까지만 해도 추격전을 벌이던 사이였는데 말이다.

그만큼 현 상황이 당황스러운 거겠지.

－가만히 있어라. 죽이지 않을 것이다!

우우웅.

내가 뿜어낸 소리에 오징어 마물과 포식자가 잔뜩 움츠러드는 게 보였다.

나는 놈들이 얌전해진 걸 확인하고 권능을 끌어올렸다.

[능력흡수. 대상: 타겟.]

[능력흡수 완료! C급 물거품 분사를 사용할 수 있게 됩니다! 현재 그릇에 맞게 동기화됩니다.]

사용할 수 있는 4개의 능력 중 먹물 분사를 물거품 분사로 교체했다.

이렇게 거대한데 일부 먹물을 뿜어봤자 무용지물일 것이다. 되레 이제는 산인 척 하는 게 유리한 판단이었다.

-됐다. 가 보거라.

둘 다 죽일 필요가 없었다.

알아서 내버려두어도 오징어 마물은 자력으로 도망을 칠 테고, 포식자는 자의로 굶어죽을 때까지 목표를 쫓던 포기하던 할 테다.

[물거품 분사 활성화.]

쿠드드득! 쿠드득!

온 몸에 변화가 일어나기 시작했다.

뫼비우스 초끈은 확실히 대단한 요소인 거 같다.

다른 마물의 능력을 이질적인 그릇에 적용시키는 게 가능했으니.

팔 뒤쪽과 등, 그리고 다리 뒤쪽에 큰 단위로 구멍이 뚫렸다. 그냥 뻥 뚫렸다기보단 비행기 동체처럼 제법 세련된 구조였다.

쿠르르르르!

-그흐으음!

이번 침음은 기쁨의 침음이었다.

눈에 띌 정도로, 물거품을 뿜어내며 움직이는 속도가 빨라졌다.

특히 수압 때문에 답답할 정도로 느렸던 하체 움직임이 개선됐다. 이제 거대한 마물 정도는 팔의 속도로 붙들 수 있게 됐다.

굳이 촉수를 동원하지 않아도 말이다.

쿠르르르.

더더욱 빨라진 속도로 두 번째 군주에게 향했다.

의외로 내가 마주한 군집체는 해파리 마물들의 것과 달리 굉장히 폐쇄적이고 작았다.

얼핏 보면 군집체인지 모를 정도였다.

-그흐음.

나는 몸을 낮춰서 산호초 지대에 난 동굴 구멍을 들여다보았다. 그곳엔 금속 재질의 몸을 가진 게 마물들이 한 가득 있었다.

"카각! 사, 살아 있는 건가?"

"카가각. 설마."

-그흐으음. 너희들의 군주를 만나고 싶다. 나아오라고 해라.

"카가각! 진짜 살아 있잖아! 어쩐지 들여 보는 게 범상치 않다 했어!"

"이럴 수가! 저렇게 큰 괴물이 존재한다고? 역시 동굴 밖은 위험해."

"카가각. 절대 군주님에게 가게 해선 안 된다!"

금속 갑각을 두른 게 마물들은 소란을 떨면서도 쉽사리 움직이지 않았다. 그저 제자리서 나를 거절하겠다는 의사를 표할 뿐이었다.

─그흐으음. 마지막 경고다. 군주를 불러와라!

"카가각. 그럴 순 없지!"

"그 분은 절대 밖으로 나오지 않아!"

"밖을 얼마나 싫어하시는데!"

보아하니 게 군주는 지하 동굴에 숨어 있는 듯 했다.

땅을 파내야 하나. 해파리 마물 군집체처럼 마냥 뚫고 지나갈 수 있는 구조가 아니라 답답한 거 같다.

─나는 경고했어. 어서 군주는 나아오라!

쿠르르르!

물거품을 이용해 빠르게 팔을 들어올렸다.

그리곤 천벌을 내리듯 성처럼 거대한 팔을 동굴 위로 내리찍었다.

타다닥! 콰과광!

이질적인 금속 접합 소리가 들린 뒤, 땅이 터져나가는 소리가 들렸다.

스윽 팔을 들어보았다.

당연히 산호초와 지하 동굴 입구는 묵사발이 돼 있었다. 그런데 의외로 게 마물들은 멀쩡한 모습이었다.

마치 딱 맞는 부품처럼, 서로 접붙어 하나의 거대한 방패를 형성하고 있었다.

─그허허. 까다로운데.

그것은 심지어 내 주먹을 버텨낼 정도로 강력한 군집 방패였다.

아래층에서 입은, 불을 뿜는 게 마물보다 방어력면에선 더 우월한 마물들 같다. 나는 한 번 더 시도해보기로 했다.

쿠르르!

주먹을 치켜들어 다시 한 번 뭉쳐든 게 마물들을 겨냥했다. 그리곤 힘차게 주먹을 수직으로 내려쳤다.

카가강!

전보다 더더욱 날카로운 소리가 나며 역으로 내 주먹에 반동이 밀려들어오는 게 느껴졌다.

여간 단단한 게 아니네.

쿠르르르.

주먹을 거두어보았지만 여전히 금속 게 마물들은 멀쩡했다. 얼마나 많을지도 모르는데, 저런 식이라면 군주에게 향하는 길이 정말 철옹성이라 해도 과언이 아니었다.

─그흐으음. 약한 경고로는 안 되겠군.

허나 내겐 아직 방법이 남아 있었다.

이 방법도 통하지 않으면 독을 뿜어보면 된다. 아무리 단단하게 군집 방패를 형성하고 있어도 틈은 있겠지. 숨을 쉬어야할 테니.

척.

삼지창을 게 군집체를 향해 겨누었다.

금속으로 이루어진 것이 반드시 장점이지만은 않다.

─군주는 나아오라!

콰지지지직!

진한 감각을 불어넣어 삼지창으로부터 전류를 뿜어냈다. 그러자 진득한 전류가 아주 빠르게 군집 방패를 향해 스며들었다.

"카가가가각!"

"카가각! 이게 뭐야!"

예상대로 게 마물들은 심히 고통스런 비명을 내질렀다.

천천히 서로를 붙들고 있는 게 마물들의 접합면이 약해지는 게 보였다. 나는 물거품을 뿜으며 한 발을 들어올렸다.

콰과광!

약해진 틈을 발로 내리찍자 큰 폭으로 틈이 벌어졌다.

–그흐음.

예상대로 틈 안에는 더더욱 빽빽하게 게 마물들이 위치해 있었다.

틈이 매워지지 않게 얼른 그 안에 발을 밀어 넣었다.

"카가각! 밀어내라!"

"카가가각! 쫓아야 한다!"

게 마물들이 급속 집게로 열심히 내 발을 긁어댔다. 하지만 여전히 표면만 상하게 할 뿐이었다.

시간이 좀 걸리긴 하겠지만, 이 방법이라면 지하 철옹성을 공략할 수 있겠다.

–군주가 나아올 테까지 너희는 고통 받을 것이다!

콰지지지직!

삼지창으로 전류를 뿜으며 더 안쪽의 군집 방패를 약하게 만들었다. 그리곤 이번에도 발을 치켜들어 내리찍었다.

당연히 게 마물들은 내가 발을 든 틈에 얼른 틈을 매우려 했다. 하지만 물거품 분사 덕분에 내가 속도에서 앞설 수 있었다.

콰과광!

"카가각!"

"큰일이다! 군집 방패가 뚫리기 시작한다!"

"카가가각!"

나는 계속해서 경고 행위를 반복했다.

죽어나가는 마물들은 많지 않았다.

내 발에 밟히고도 껍데기가 찌그러지는 게 전부일 정도로, 게 마물들은 단단했다.

하지만 군주에게 나아가는 건 막을 수 없었다.

나는 계속해서 지하 군집체의 깊숙한 곳에 발을 들이밀었다.

제 아무리 큰 군집체라도, 저토록 단단히 접합돼 있다면 밀도가 높은 만큼 부피가 작아진다는 뜻이었다.

나는 머지않았다고 생각하며 그런 침입 작업을 1시간가량이나 계속했다.

콰지지직!

"카가가각! 도저히 쫓아낼 수가 없다!"

"카가각! 대체 이 괴물은 뭐야!"

이제 지하 아래로 무릎까지 발이 들어간 상태였다. 안쪽
게 마물들은 크기도 거대해서 이제는 제법 의미 있는 타격
을 입힐 수 있었다.

발로 짓밟아 헤집기도 쉽지 않았고.

곧 암석 필터링의 도움을 받아야할 거 같았다.

예비로 진주를 좀 모아 와야 하나.

"카가각! 그 분께서 만남을 허락하셨다! 그러니 그만해!"

"카가각! 그만 공격하라, 괴물이여!"

"그만!"

-그흐으음. 드디어.

약간 벅찬 것 같다고 느끼기 전, 지하 군집체에서 먼저
항복을 선언했다.

키기긱, 키긱.

기계인지 의심될 정도로 복잡한 금속 갑각에 둘러싸인,
거대한 게 마물 하나가 나타났다.

티디딕, 티딕!

흥미롭게도 게 군주 역시 복잡한 금속 구조를 움직여 하
나의 얼굴을 만들어냈다. 이번에도 사람의 것을 닮은 얼굴
이었다.

"대체 원하는 게 뭔가? 지하에서 평화롭게 살아가는 우
리를 어떻게 찾아내서 이런 행패를 부리는 거지?"

-그흐으음. 당황스럽겠지만, 네 굴복을 받아내야겠다.

"뭐라? 감히! 아무리 우리가 지하에 쳐 박혀 산다지만,

다짜고짜 네 놈에게 충성을 맹세할 거 같은가! 해왕이라도 되고 싶은 것이냐."

─따지고 보면, 그렇지.

"카가각! 덩치답게 포부도 크구나. 네가 큰 것 말고는 뭐가 대단한 게 있지?"

게 군주는 직설적으로 내가 해왕으로서 자질이 있는지 물었다.

사실 나도 그 면에 대해선 딱히 할 말이 없었다. 그저 난 수단적으로 삼군주를 굴복시키려는 거 뿐이었다.

내겐 41층이 세상 전부가 아니었다.

─그흐으음. 기다려 보거라.

한 가지 어필할 수단을 떠올렸다.

게 군주와 대등한 자가 내 아래에 있단 걸 보여주면 어떨까.

콰지지직!

삼지창으로 한쪽 방향을 향해 전류를 뿜었다.

[전기 신호 전달 활성화.]

이번엔 단순히 공격을 위해 전류를 뿜어낸 게 아니었다.

전기 신호를 장거리로 쏘아보내기 위함이었다.

"그러고 보니……. 그 무기는 굉장히 익숙한 형태로군. 하필 자네 같은 돌거인이 가지고 있단 게 이상하지만."

의외로 게 군주는 자유자재로 늘어나는 삼지창을 알아보았다.

그러나 그 이상 언급을 하진 않았다.

파지직!

—파시시! 의사 전달체 이동 중!

—파시시시! 대군주님 발견!

—파시시! 의사 전달체 형성 시작!

곧 지하 군집체 위로 수만 마리의 해파리 마물들이 나타났다. 분리 군집체의 끝자락에는 꼬리처럼 해파리 마물들이 하나의 관을 형성하고 있었다.

파드득, 파득!

해파리 마물들이 하나로 뭉쳐들어 다시금 레바이탄의 얼굴을 형성했다.

—그흐음. 해왕으로서의 자질을 물었지. 레바이탄은 내게 충성을 맹세하기로 했다. 해파리 마물들을 끌고 와서 잔뜩 전류를 뿌려대면 어떻게 될까?

"카가각! 놀라운 일이로군. 그것이 사실인가, 레바이탄?"

—그렇다, 지하에 숨어 사는 겁쟁이 군주여! 너도 이 분을 따라라. 당장은 버려도, 조금만 머리를 굴려보면 알 것이다. 결국 네 군집체도 버틸 수 없을 것이란 걸!

레바이탄은 급격히 소환당했음에도 상황 판단이 매우 **빨**랐다.

레바이탄의 말에 금속으로 이루어진 게 군주의 얼굴이 심히 요동쳤다. 잠시 후 게 군주는 결심한 듯 입을 열었다.

"카가각. 청을 하나 들어주시면 따르겠나이다."

게 군주는 조건부로 굴복하겠다고 했다.

어쨌든 제대로 된 판단을 내린 거겠지. 단순히 나 뿐 아니라 해파리 군집체 전부와 싸우는 건 심히 위험한 결정이었다.

그보단 나를 따르는 게 낫겠지. 그럼 불가결하게 해파리 군집체와도 동맹을 맺게 되는 셈이니.

-말해 보거라.

내 말에 게 군주가 서러운 표정을 드러내며 말했다.

게 군주는 틱틱거리는 마찰음을 내며 자신의 청을 말했다. 다른 게 마물들도 불편한 금속 소리를 내며 우왕좌왕했다.

마치 군집체의 치부를 드러내기 직전 같았다. 그러니 저리 불편해하는 것이었다.

-크흠. 대충 예상가는 것이 있긴 합니다만, 저는 원활한 대화를 위해 물러가겠습니다, 대군주님. 필요할 때 또 불러주십시오.

-그흐으음. 그래. 수고 많았다.

-게 군주를 굴복시킨 걸 축하드립니다. 어려운 청이 될 수도 있지만, 돌거인 군주님께는 불가능하지 않을 수도 있다는 생각이 듭니다.

–그래. 가서 대기하고 있거라.

콰지지직!

게 군주를 배려하기 위함인지 레바이탄이 물러갔다. 그를 대변했던 해파리 마물들이 한꺼번에 흩어져 다른 곳으로 사라졌다.

티디딕, 틱틱.

게 군주는 여전히 서러운 표정으로 불편해하고 있었다.

–군주여. 어서 청을 말해보아라. 왜 뜸을 들이는 것인가.

"카바박! 마, 말씀 드리겠나이다. 여러모로 복잡한 심경이 들어서 그렇습니다."

–주체 말고 말하도록.

내 말에 게 군주가 쇠 소리 나는 한숨을 내뱉더니 용건을 꺼내들었다.

"카바박. 알겠습니다. 사실 저희는 오래 전 이곳으로 쫓겨났습니다. 원래는 서식하는 영지가 있었죠."

–그런데.

"인어왕이라는 자가 저희를 쫓아냈습니다. 본래 저희는 왕성하게 활동할 경우 갑각에 녹이 습니다. 하지만 원래 서식하던 곳에는 특수한 산호초가 자라 그럴 걱정이 없었죠."

–그흐으음. 그럼 오랜 기간 지하에서 살아온 것이.

"그렇습니다. 녹이 서다보면 결국 수명이 앞당겨지죠. 대 사냥 때 외에는 감옥처럼 지하에 뭉쳐들어 생명을 유지해야 합니다."

-그흐음. 단순히 군집 방패를 형성하기 위함이 아니었군.

"그렇습니다. 사실은 최대한 서로 붙어서 저희 갑각에 녹이 서는 걸 방지하기 위함이었습니다. 인어왕이 뺏은 영지에서 살아야만 정상적으로 생활할 수 있습니다. 아니면 항상 지하에서 자발적으로 지금과 같은 감옥을 만들어야 하죠. 게다가 저희는 특성 때문에 번식률도 낮습니다."

-그흐으음. 그러니 더더욱 녹이 서는 것에 예민하겠군.

"그렇습니다. 하나하나가 군집체에 중요한 일원입니다."

게 군주는 본래 자신들이 서식하던 곳을 되찾아달라고 하고 있었다.

공교롭게도 영지를 차지하고 있는 자는 삼군주 중 하나인 인어왕이었다. 인어들의 도시를 통솔하는 가장 해왕의 자리에 가까운 군주라고 했다.

-그흐으음. 좋다. 가자. 네 군집체를 움직여라.

"카바바박! 이럴 수가!"

"저, 정말 청을 들어주시는 것입니까!"

-어차피 인어왕도 굴복시킬 계획이었다.

"카바바박! 인어왕을!"

"카바박! 역시 엄청난 괴물, 아니, 대군주인가 보다!"

내 선언에 게 마물 군집체가 상당히 소란스런 모습을 보였다. 내가 쉽사리 내뱉는 말을 믿지 못하겠다는 것이었다.

내가 흔쾌히 수락하자 게 군주는 믿지 못하겠다는 듯 여러 차례나 더 물어왔다.

그 때마다 고개를 끄덕여주었다.

티디딕.

그에게 군주의 금속질 표정이 꿈틀거리며 연속적인 변화를 보였다.

"조, 좋습니다! 저희 영지만 찾아주신다면, 당신을 따르겠나이다. 어쩌면…… 예언은 당신을 말한 걸지도!"

-그흐음. 예언이라니.

"예전에 평화와 조화를 추구하던 인어 현자가 있었습니다. 종족을 구분하지 않고 41층 전체를 사랑하던 분이셨죠. 예전에 인어왕에게 죽긴 했지만."

-무슨 예언이었으냐!

"카바박. 인간이란 존재의 형상을 닮은 자가 해왕이 된다고 했습니다."

-그흐으음.

"사실 그래서 레바이탄과 저도 인간의 얼굴을 흉내 내는 기술을 만들어낸 겁니다. 그 대현자가 남긴 예언들은 전부 사실로 이루어졌거든요."

-하지만 내심 인어왕이 제일 적합하다고 생각했겠구나!

"대현자가 남긴 그림에 의하면 그렇죠. 그럼에도 인어왕 역시 하반신은 어패류의 것입니다."

-하지만 난 완전한 인간의 형상을 가지고 있지. 거대할 뿐.

"카바바박! 그렇습니다!"

"카바박! 그렇다면!"

"카바바박!"

사실 대현자의 예언이 진짜 효력을 가지고 있는지 아닌지는 관심 없다.

나는 반드시 삼군주를 굴복시킬 것이다.

그 뿐이었다.

-이제 가지.

"카바박! 예, 대군주시여! 저희들도 따라가 도울 수 있으면 돕겠습니다. 허나…… 걱정되는 것이 있습니다."

지하 군집체가 대규모로 움직이려 하는데, 게 군주가 걱정스런 표정으로 내게 조용히 속삭였다.

쿠르르르.

거대한 상체를 숙여 게 군주에게 귀를 기울였다.

-무엇인데 그러냐.

"사실 인어들 자체는 그리 강하지가 않습니다. 해파리 마물의 전기에 즉사할 정도로 연약하죠. 그냥 쇠로 된 무기를 휘두를 뿐입니다."

-그런데.

"인어들의 발리스타. 그들의 도시를 지키는 공성무기가 가장 위험한 요소입니다. 대현자를 고문해 알아낸 기술로 만들었다고 합니다."

-허! 공성 무기를 갖추고 있단 말이냐. 제법 문명이 많이 발달돼 있나 보군. 도시도 갖추고 있다고 하고.

"그래서 인어왕은 항상 저희들을 미물들로 비하했습니다. 그 명분으로 쫓겨났고요. 발리스타엔 저희들도 대항할 방법이 없었습니다."

―걱정하지 말아라.

내 짧고 간결한 대답에 게 군주의 표정이 풀렸다. 그는 거대한 집게손을 치켜 올려 시끄러운 마찰음을 냈다.

카각, 카각!

"대군주님을 따라라! 오늘, 우리는 스스로 만든 갑갑한 지하 감옥에서 빠져나갈 것이다! 더 이상 죄인처럼 숨어 살지 않을 테다!"

"카바바박!"

"카바박! 집으로!"

수만 마리의 게 마물들이 땅에서 꾸역꾸역 흘러나오기 시작했다.

나는 상체를 들어 다시 걷기 시작했다.

쿵, 쿵.

―가지.

내 묵직한 침음에 바삐 게 마물들이 날 따랐다.

"이쪽입니다, 정복자시여!"

게 군주가 이끄는 방향으로 걸어 나갔다.

과연 파장의 일부분이 강조하고 있는 방향이기도 했다.

발리스타라는 무기만 버텨내면, 쉽게 인어왕을 공략할 수 있을 거 같다. 이미 다른 두 군주를 정복했으니, 나는 거대한 군대를 두 개나 가지고 있는 것이었다.

게다가 인어왕은 다른 두 군주를 깔본다고 했다. 반면 인어들은 자체적으로 그리 강하지 않았고.

내 거대함으로 공성 무기만 공략해줘도, 상황은 쉽게 마무리될 거 같았다.

물론 전쟁보단, 이전처럼 군주 자체를 간단히 공략하는 게 내게도 더 편한 길이었다.

-그흐으으음.

물거품을 뿜어내며 1시간 만에 인어들의 도시에 도착했다.

다행히 게 마물 군집체로부터 멀지 않은 곳이었다. 그만큼 게 마물들은 본래 터전에 대한 미련을 버리지 못한 것이었다.

-그흐음.

과연 발전된 문명답게 인어들은 제법 그럴싸한 도시를 갖추고 있었다. 산호초 벽으로 이루어진 도시 주변의 성벽에는 빽빽하게 발리스타가 깔려져 있었다.

"대군주시여, 어떡할까요!"

게 군주가 떨리는 목소리로 말했다.

나는 잠시 고민해보았다. 게 마물과 해파리 마물들을 끌고 가도, 발리스타라는 무기 때문에 대량으로 학살을 당할 것이다.

보아하니 장거리 무기라, 내 삼지창의 전류보다 사정거리가 길 거 같았다.

－게 군주여.

"네, 대군주님! 명령을 내려주십시오!"

게 군주는 터전을 되찾는다는 희망에 한껏 결의에 차 있었다.

－한 번 더 게 마물들이 뭉쳐들어야 할 거 같다. 이번엔 숨기 위해서가 아냐. 싸우기 위해서다.

쿠르르르, 쾅광!

나는 삼지창을 들고 있지 않은 왼팔을 땅에 찍어 박았다.

－내 방패가 되어다오. 표면에 몇 천 마리는 희생되겠지만, 도시에 가까이 갈 수 있을 것이다. 희생을 최소화하도록 노력하겠다.

"카바박……. 희생이 없을 순 없겠죠. 모두 대군주님의 명령에 따라라! 저 분의 팔에 붙어서 거대한 방패를 형성하도록!"

"카바바박!"

카드드득, 카득!

수만 마리의 게 마물들이 거대한 내 왼팔에 기어오르기 시작했다.

철컥, 철커덕!

그러면서 전처럼 빽빽하게 접합부를 붙여 하나의 거대한 군집 방패를 형성했다.

쿠르르르.

제법 무겁긴 했지만 버틸 만 했다.

나는 이제 왼팔에 거대한 군집 하나를 통째로 들고 있었다. 내 크기에 어울리는 방패로서 말이다.

-그흐으으음.

버틸 만 했지, 빠르게 걸으며 다가갈 수준은 아니었다.

드디어 머리에 천장이 닿을 때인 거 같다.

[4성 각성.]

우우웅!

웅장한 진동과 주홍빛 아우라를 뿜으며 나는 끊임없이 커졌다. 눈높이가 마구 잡이로 41층의 끝을 향해 솟구쳐 올랐다.

철커덕, 철컥!

덕분에 굵어지는 팔에 적응하기 위해 게 마물들도 군집 형태를 수정해야 했다. 그들의 입장에선 어렵지 않은 일이었다.

-그흐으음!

잠시 후 나는 아찔한 시야로 눈을 떴다.

정말 천장이 내 정수리 바로 위까지 와 있었다.

반면 41층 전반이 이제 만만할 정도로 작아진 상태였다. 늘 상 커지면서 느끼는 거지만, 크기와 비율은 정말 상대적인 요소 같다.

쿠르르르, 척!

-이제 간다.

군집 방패를 치켜든 채 인어들의 도시로 걸어가기 시작

했다. 내가 한 발 내딛을 때마다 땅에서 약한 지진이 일었다.

41층 전체가 멀찍이서도 어렴풋이 내 실루엣을 볼 수 있을 것이다.

쿠궁! 쿠궁!

나는 물거품을 뿜어내며 점점 더 인어 도시에 가까워졌다.

크기에 걸맞게 뿜어내는 물거품의 압력은 무지막지했다. 작은 해양 마물이 섣불리 다가왔다간 몸이 터질 정도였다.

쿠웅, 쿠웅!

-부우우우웅! 다가오는 비확인 물체는 정지하라! 삼 초 후 발사할 것이다!

-부우웅! 완전 궤멸시킬 것이다! 정지하라!

인어 도시는 곧장 날 발견하고 경고를 해왔다. 하지만 난 쉽사리 물러서지 않고 계속 전진했다.

콰웅! 콰웅!

마침내 발리스타가 발사되기 시작했다. 인어 도시의 성벽 위에서 자주색 광선이 발사되어 왔다.

그것은 종종 내 다리를 꿰뚫기도 했다. 하지만 대부분은 군집 방패에 맞고 무력화되었다.

"카바바박!"

당연히 수많은 게 마물들이 광선에 맞고 죽어나갔다. 하지만 단단한 군집 방패는 쉽사리 무너지지 않았다.

나는 계속해서 전진해 나갔고, 어느새 인어 도시에 눈앞에 가까워진 상태였다.

－공격을 중지하라! 인어왕은 나아와 나를 상대하라!

쾅지지지직!

어느 정도 거리가 확보되자 삼지창을 들고 전류를 뿌려 댔다.

"크아아악!"

"아아악! 왕이시여! 아악!"

그러자 발리스타를 조종하던 인어들이 전부 전류를 버티지 못하고 증발돼버렸다.

성벽 다른 곳에서 광선이 날아왔지만, 대부분이 전류에 무력화당한 상태였다.

－군주는 나아오라!

쾅지지직!

경고하는 의미로 도시 위로 전류를 뿌려댔다.

"꺄아아악!"

인어들의 비명 소리가 들려왔다.

도시의 전부가 하늘을 빼곡히 매운 거대한 번개를 보았겠지.

삼지창의 힘은 나와 함께 계속해서 커지고 있었다.

－그만! 부우우웅!

몇 차례 더 위협을 반복하자 인어왕이 나타났다. 거대 해마가 끄는 화려한 마차를 타고 나타났다.

푸른 안광을 뿜는 인어왕이 마차에서 헤엄쳐 나왔다.

-그만! 나는 41층을 관장하는 인어왕 포시돈이다! 감히 네 놈은 누군데 나의 도시를 공격하는가! 게다가……

　포시돈은 유독 내가 든 삼지창에 눈독을 들이고 있었다. 그냥 단순히 탐내는 정도가 아닌 듯 했다.

　게 군주가 본래 터전에 보이는 정도의 집착을 보이고 있었다. 설마 직접적 연관이 있는 건가.

　-그흐으음. 굴복하라. 그럼 소원을 들어주겠다! 레바이탄과 게 군주가 내게 굴복하기로 했다. 나 홀로도 이 정도인데, 발리스타를 무력화하고 전쟁을 벌인다면 어떻게 될까?

　콰지지직!

　장거리 신호를 보내 레바이탄을 소환해냈다.

　인어왕은 멀찍이서 빼곡하게 다가오는 해파리 마물 군집체를 보곤 창백해진 표정으로 말했다.

　-협상을 하자.

　-오로지 굴복뿐이다. 소원을 들어줄 것이다.

　내 말에 인어왕이 경직된 표정으로 입을 열었다.

　이제 전쟁을 벌일지 협상을 할지는 인어왕에게 달려 있었다.

　나는, 어떤 방향이든 자신이 있다.

〈6권에서 계속〉